Juffrouw Rottenmeier
Meneer Sesemann
Peter's oma

Geronimo Stilton

Heidi

Lieve knaagdiervrienden,

Mijn passie voor literatuur begon al heel lang geleden, toen ik nog klein was. Ik bracht uren door met het lezen van prachtige boeken, waarin ik fantastische avonturen beleefde en verre en mysterieuze plaatsen leerde kennen. Lezen zet je verbeelding aan het werk, echt waar!

Al dat leesplezier wil ik graag met jullie delen door mijn favoriete meesterwerken uit de literatuur na te vertellen.

In het verre en sombere Frankfurt heeft de kleine Heidi last van heimwee en droomt ze ervan om op een dag terug te kunnen keren naar haar grootvader en haar vrienden in de groene bergen van Zwitserland. Dankzij haar levenslust en haar eindeloze enthousiasme sleept Heidi haar nieuwe vriendin Klara en ons allemaal mee in een geweldig avontuur waarin ze kennismaakt met de wonderen van de natuur en met de kracht van vriendschap!

Geronimo Stilton

Oorspronkelijke tekst van Johanna Spyri, *vrij bewerkt door* Geronimo Stilton
Omslagontwerp: Flavio Ferron
Ontwerpreferenties: Roberta Tedeschi *en* Nicola Pasquetto
Illustraties: Maria Rita Gentili, Elisabetta Giulivi, Roberta Tedeschi, Luca Usai *en* Concetta Valentino
Inkten: Alessandro Battan, Jacopo Brandi, Paolo Ferrante, Maria Rita Gentili, Sonia Matrone *en* Luca Usai.
Kleurspecialisten: Cinzia Antonielli, Giorgia Arena, Alessandra Bracaglia, Maria Rita Gentili, Edwyn Nori *en* Nicola Pasquetto.
Getekend door: Paola Cantoni, *met medewerking van* Marta Lorini

Vertaling: Veerle Tomboy

ISBN 978 90 8592 149 3
NUR 282/283
www.dewakkeremuis.nl

1e druk april 2011 - 2e druk juni 2011

Druk: Veldhuis Media, Raalte

Geronimo Stilton

Heidi

Naar de Alpen

Vanaf het plaatsje Maienfeld bereikte je het dorp Dörfli via een wandelpad dat dwars door de velden kronkelde en dan langzaamaan OMHOOG liep, de Alpen in.
Op een zomerse dag liep er een klein knagerinnetje van vijf jaar oud over dit paadje, samen met haar tante, een jonge knagerin.
Het knagerinnetje heette Heidi. Ze bewoog zich nogal houterig omdat ze een heleboel kleren over elkaar aanhad. Ze droeg zelfs een rode wollen jas, die ze van haar tante had moeten aantrekken om de bergen in te gaan …

Met al die kleren aan had het knagerinnetje het zo warm dat haar wangetjes, die normaal gezonde appelblosjes hadden, wit waren weggetrokken van de HITTE. Ze wandelden in stilte en toen ze eindelijk bij het plein van Dörfli aankwamen,

hadden ze al een hele weg afgelegd. Dörfli was het geboortedorp van tante Dete. Haar OUDE vriendinnen, die haar al heel lang niet meer gezien hadden, haastten zich NIEUWSGIERIG om haar te groeten: sommigen waren dolblij haar weer te zien, anderen wilden gewoon weten waar ze naar op WEG was.

Eén van hen heette Barbel en kende Dete al van toen ze nog heel klein waren. Ze baande zich een weg naar de poort en zei: ‘Dete, ik zie dat je naar de ALPEN, trekt. Ik ga met je mee: ik moet ook die kant op!’

Dete en Barbel begonnen te kletsen en Heidi

begon een beetje achterop te raken. Ze was **DOODMOE** en baadde in het zweet door al die kleren.
Ze liepen verder en Barbel BESTOOKTE Dete met vragen: 'Waarom ben je teruggekomen?'
'Ik breng Heidi naar haar opa', antwoordde de knagerin.
Barbel SCHROK: 'De oude knager van de Alpen? Wil je daar wel heen, Dete? Die knager jaagt me de STUIPEN op het lijf ... en niet alleen mij! Hij zit altijd in zijn berghut en als hij al eens naar het dorp komt, bekijkt hij iedereen met zo'n strenge blik ... Ik weet niet of het wel zo'n goed idee is om dat kleine knagerinnetje aan hem toe te vertrouwen.'

Dete raakte zo langzamerhand haar **GEDULD** kwijt: 'Tot nu toe heb ik altijd voor haar gezorgd, Barbel. Het wordt hoog

tijd dat haar grootvader ook eens wat doet!'

Tante Detes stem trilde van woede. Ze ging verder: 'Ik hou het niet meer uit, Barbel! Ik heb een geweldige baan gevonden in Frankfurt en ik ben niet van plan die te laten schieten. Ik heb dit echt nodig.'

Barbel werd steeds NIEUWSGIERIGER en bleef maar vragen stellen: 'Dus dit is het dochtertje van je zus Adelaide?'

'Ja, de kleine Heidi!'

'En haar vader … haar vader was de zoon van de oude knager van de Alpen, toch?'

Dete zuchtte diep: 'Ja. Hij heet Tobia.'

Barbel was vastbesloten alles te weten te komen en vroeg maar door: 'Weet jij eigenlijk waarom die oude knager zo NORS is?'

'Natuurlijk weet ik dat, maar als hij ontdekt dat ik dat zomaar heb doorverteld, zit ik erg in de penarie!'

Barbel stelde haar gerust: 'Ik zal het aan niemand vertellen! We kennen elkaar al zo lang: aan mij kan je de waarheid wel toevertrouwen!' Dete vertrouwde het zaakje niet echt, maar ze moest nodig haar verhaal kwijt; ze wilde dolgraag even met iemand praten over wat ze al die tijd al had opgekropt. Dat had ze nooit eerder gekund. Dus vertelde ze: 'Toen dc oude knager van de Alpen nog jong was, woonde hij met zijn ouders en zijn kleine broertje in Domleschg. Zijn broer was een erg nette en behulpzame knager, maar hijzelf was absoluut het tegenovergestelde: een echte REBEL! Hij vertrok van huis op zoek naar fortuin en kwam in Domleschg terug met een zoon, Tobia. Tobia was een erg zelfstandige knager, hij werd een goede TIMMERKNAGER en hij trouwde met mijn zus. Ze waren zo gelukkig toen Heidi geboren werd! Je had het moeten zien!

Maar het noodlot sloeg toe: een jaar na Heidi's geboorte kwamen Tobia en Adelaide om bij een ONGELUK. De oude knager had zoveel verdriet dat hij zich terugtrok om in alle eenzaamheid te gaan leven in de berghut, waar hij nu nog altijd woont. Heidi bleef alleen achter, dus besloot ik om haar onder mijn vleugels te nemen ... Maar nu kan ik het echt niet meer aan.'

Barbel vond het een VERDRIETIG verhaal: ze had muisstil geluisterd totdat Dete uitverteld was.

Beide knagerinnen waren zo in gedachten verzonken dat ze Heidi uit het oog waren verloren. Toen tante Dete om zich heen keek om te zien waar ze kon zijn, zag ze het kleine knagerinnetje in de verte uitgelaten door de weiden rennen. Ze had een heleboel kleren uitgetrokken en droeg alleen nog haar onderjurkje.

Ze **RENDE** door de wei samen met een jonge herder en rond het tweetal dartelden een tiental kleine geitjes. Tante Dete probeerde haar nichtje te roepen: 'Heidi! Wat ben je toch aan het doen?'

Barbel stelde haar gerust: 'Geen paniek, Dete. Dat is Peter! Hij zorgt voor de geiten van de dorpelingen en hij leidt hen naar de weiden. Ik ben trouwens op weg naar het huis van zijn moeder, een weduwe die bij Peters grootmoeder woont. Tijdens de wintermaanden spinnen ze wol voor me ...' Terwijl ze dat zei, wees Barbel naar een ietwat VERWAARLOOSD hutje. Ze liep weg van haar vriendin en ging in de richting van het HUISJE, terwijl Dete Heidi met luide stem bij zich riep.

Goedemorgen, opa!

Tante Dete had Heidi al zeker tien keer geroepen … Ze stond op het punt haar geduld te verliezen toen de kleine meid VROLIJK springend opdook van achter een ROTS. Het knagerinnetje lachte uitbundig en was helemaal buiten adem van haar spelletje met de geitjes … Ze zag er zo gelukkig uit! Peter keek haar grinnikend na: wat een vreemd knagerinnetje! Het leek wel alsof ze al gelukkig werd bij de aanblik van de weiden en de geitjes. De knager stond daar wat over na te denken, maar toen hij Detes kwade snuit zag, schrok hij. Heidi's tante wees streng naar hem en Heidi … En ze was woedend!

Eigenlijk had de knagerin ongelooflijk veel HAAST om haar bestemming te bereiken.

Ze gilde ongeduldig: 'Heidi, kom hier! We moeten gaan!'

Het knagerinnetje rende GLIMLACHEND naar haar tante en stak haar armpjes uit, maar tante Dete gaf zich niet zo gemakkelijk gewonnen: 'Je hebt zelfs je sokken uitgetrokken! Ga onmiddellijk je kleren halen!'

Van waar zij stonden, zagen Heidi's kleren eruit als een veelkleurige vlek tussen al dat groen daar verderop in de vallei.

Peter kwam vriendelijk dichterbij: 'Ik doe het wel!'

Lenig als een van zijn geitjes rende hij ervandoor om de kleren van het knagerinnetje te halen, en ook haar strooien hoedje, het

belangrijkste onderdeel van haar uitdossing.
Heidi lachte dankbaar: 'Bedankt hoor!'
Ze vond Peter meteen een lieve knager. Wat hadden ze samen een PLEZIER gemaakt!
Ze had zich al lang niet meer zo vermaakt.
En de geitjes waren zo schattig!

Maar tante Dete zag er helemaal niet blij uit. Nerveus en nors duwde ze Peter een muntstuk in z'n poot: 'Hier, alsjeblieft! Dat is om ons naar de oude knager van de Alpen te brengen. Je weet vast wel waar die woont?'
Peter keek eens goed naar het muntstuk, glimlachte tevreden en glipte toen tussen tante en nichtje in.
Het duurde bijna een uur voordat ze eindelijk op hun BESTEMMING aankwamen.
Het huis van de oude knager van de Alpen was een klein hutje, met muren van steen en een dak van HOUT. Het stond pal in de wind zodat het in de zomer koel bleef, en het deed zich

tegoed aan de zonnestralen die het in de winter warm hielden en verlichtten.
Er stonden drie gigantische sparren achter het hutje, die eruit zagen als reusachtige bewakers van het huisje en zijn bewoner.
Achter die sparren strekten de weiden en velden zich uit tot aan de grijze hellingen van het gebergte.

Een oude heer met een dikke witte baard zat op een bankje naast de deur en maakte een houtsnijwerkje. Zijn KALME maar strenge blik priemde in de richting van het drietal dat aan kwam wandelen. Ja, dat moest hem zijn: de oude knager van de Alpen. Heidi had hem als eerste gezien en RENDE hem tegemoet.
Ze stak haar kleine mollige pootje op en zei: 'Goedemorgen, opa!'
De oude knager was dolenthousiast, maar toen

hij opkeek en Dete herkende, vroeg hij plotseling: 'Wat betekent dit, als ik vragen mag?!'
Hij gaf Dete niet eens de kans om te antwoorden.
Hij wendde zich tot Peter, die nog maar nauwelijks aangekomen was bij de hut, en zei: 'Generaal van de kudde, je bent laat deze ochtend! Waar wacht je op? Haal mijn geiten en aan het werk!'
Peter beefde van angst door de toon waarop de oude knager dit zei en hij voerde zijn bevel onmiddellijk uit.

Tante Dete ademde diep in en hief haar hoofd op, alsof haar een zware beproeving stond te wachten: 'Hallo, opa. Dit is Heidi, het dochtertje van Tobia en Adelaide. Ze zal een tijdje bij u komen wonen.'
De oude knager fronste zijn voorhoofd, waardoor zijn wenkbrauwen in een witte wolk van haar verdwenen:

'BIJ MIJ? EN WAAROM DAN WEL?!'

Dete had deze vraag verwacht: 'Ik heb vier lange jaren voor haar gezorgd, maar ik moet ook een keer aan mezelf denken! Aangezien u het enige overblijvende familielid bent, is het nu uw beurt!'
De OUDE knager stond op van het bankje:
'En als ze begint te huilen? Wat moet ik dan?'
Dete antwoordde kort en scherp: 'Dat zoekt u zelf maar uit! Mij heeft ook niemand uitgelegd wat ik moest doen toen ze ineens in m'n armen lag!'
Na die woorden draaide ze zich met een ruk om. Ze liep met grote passen weg en riep alleen nog maar: 'Vaarwel, Heidi! Je opa zal goed voor je zorgen … Je zal zien dat alles goed komt!'
Heidi had het gesprek met grote donkere ogen gevolgd en zwaaide haar tante VERBAASD uit: 'DAG tante …'

Het slaapliedje van de wind

Tante Dete was nog niet verdwenen of de oude knager van de Alpen ging alweer zitten op het bankje, in gedachten verzonken. Heidi begon wat rond te **SNUFFELEN,** ze was namelijk erg nieuwsgierig. Ze onderzocht de voorkant van het hutje en liep toen verder naar de geitenstal, maar die was LEEG.
Ze ging verder tot aan de drie grote sparren achter het hutje …
De wind die door de takken blies leek wel een *prachtig* lied te zingen: Heidi luisterde betoverd naar het deuntje. Daarna keerde ze terug naar

haar OPA, die nog altijd op zijn bankje zat. Het knagerinnetje ging voor hem staan, zette haar pootjes in haar zij en keek hem recht in de ogen. Ze KEKEN elkaar een paar tellen aan, en toen vroeg hij: ‘Wat wil je doen?’

‘Ik wil graag binnen kijken!’ riep het knagerinnetje.

De oude knager keek haar VERBAASD aan en knikte: ‘Goed, volg me dan maar! En neem ook je kleren mee naar BINNEN.’

Het hutje had maar één enkele kamer. Tegen de ene muur stond het bed en was er een laddertje dat naar de zolder leidde. In de volgende wand zat de open HAARD en in de derde muur bevond zich een muurkast. In het midden van het vertrek stond een HOUTEN tafel met twee stoelen en een klein krukje.

Opa nam Heidi’s kleren en liep ermee naar de kast.

Het was geen grote kast, maar alle bezittingen van de oude knager zaten er in. Onderaan lagen een paar **NETJES** opgevouwen kledingstukken, op de bovenste plank een stapeltje handdoeken, en op de middelste plank een brood en een **GROOT** stuk kaas.

Zodra haar kleertjes hun plaats hadden gekregen naast die van haar opa, glimlachte het knagerinnetje tevreden.

Opa vroeg: ‘En nu?’

‘Ik heb nog een bed nodig om in te slapen!’

Opa knikte: **‘Juist!** Je weet goed wat je nodig hebt. Kies maar waar je wilt dat het staat.’

Heidi keek even door de kamer en sprong toen op het **HOUTEN** laddertje dat naar de zolder leidde. Toen ze helemaal boven stond, zag ze een paar balen hooi, onder een

rond raampje van waaruit ze de hele vallei kon bewonderen.
Heidi RIEP: 'Hier, opa! Ik wil hier slapen! Het is hier prachtig!'
Ze draaide zich weer om naar het trapje en zei ernstig: 'Maar ik heb wel beddengoed nodig!'
Toen opa naar boven kwam, had Heidi al een matras gemaakt van het hooi. Hij hielp haar om het BED op te maken en gaf haar ook een ZWARE zak die ze kon gebruiken als deken.
Heidi strekte zich uit op haar nieuwe bed: 'Ik wou dat het al avond was, dan kon ik hier al heerlijk gaan liggen!'
Opa keek haar VROLIJK aan: 'Misschien moet je eerst toch maar wat eten, denk je niet?'
Het knagerinnetje ging meteen met haar opa mee: haar buik was namelijk zo leeg als wat!

Opa stookte een VUURTJE om kaas te smelten en hij vulde twee schalen met heerlijke verse MELK.
Hij glimlachte tevreden toen hij zag dat het knagerinnetje heen en weer liep tussen de kast en de tafel met borden, BESTEK en glazen. 'Ze weet zich goed te redden!' mompelde hij in zichzelf.
Toen alles klaar stond, rende het knagerinnetje naar het vuur en nam een krukje met drie poten. Ze wilde daarop aan tafel gaan zitten,

maar het krukje was te laag ... Zo kon ze nooit bij de tafel!
Ze keken allebei om zich heen en toen kreeg opa ineens een idee: hij legde een servet op de tweede gewone stoel en dekte hem alsof het een klein tafeltje was. Daarna pakte hij het krukje en liet Heidi er plaats op nemen: dat was pas handig!

Heidi at met smaak en haar opa ook: voor de eerste keer na al die jaren was hij gelukkig omdat hij niet meer alleen was.
Na het eten volgde Heidi opa naar de kleine WERKPLAATS achter het hutje.
Het knagerinnetje keek aandachtig toe hoe haar opa met vaste poot hout begon te hakken en schuren: hij maakte speciaal voor haar een hoger krukje! Heidi was in de WOLKEN.
De hele middag lang bewonderde ze de dieren en de kleurrijke bloemen in de bergen.
Ze voelde zich thuis, daar in de ALPEN,
bij haar opa, bij Peter en de geitjes, en haar hart maakte een sprongetje van vreugde …
Dezelfde blijdschap voelde ze toen ze die avond in haar nieuwe bedje kroop en het wiegeliedje van de wind haar zachtjes in slaap zong.

De weide in!

Heidi had zo diep geslapen die nacht dat ze niet meer wist waar ze was toen ze haar OOGJES opendeed. Ze keek om zich heen, zag de ZON door het raam en zuchtte gelukkig. Ze was in het hutje in de Alpen … In de zevende hemel! Ze rende naar buiten, SNELLER dan de wind. Ze hoorde meteen Peters gefluit en ze zag dat haar opa zijn twee geiten uit de stal droeg. De dieren hadden heel toepasselijke namen: Witje en Zwartje. Opa begroette haar: 'Goedemorgen! Wat zou je ervan denken om mee de weide in te gaan?'

Heidi maakte een RONDEDANS en riep uitbundig: ‘De weide in! Geweldig!’

‘Ga je dan maar snel WASSEN!’

Terwijl Heidi zich waste met koud water, gaf opa Peter een knapzak: ‘Kijk, dit is voor de LUNCH ... Neem ook een glas mee en vergeet niet om Heidi wat verse melk te geven!’

Peter stond verbaasd te KIJKEN: de oude knager gaf brood en kaas mee voor een heel leger! Het herdertje was niet gewend aan zoveel overvloed en watertandde al bij het zien van al het lekkers in de tas.

Een paar minuten later begon de kudde aan de beklimming naar de top, met Peter op kop. Heidi liep achteraan de hele tijd heen en weer.

Het knagerinnetje was betoverd door het prachtige vergezicht dat zich voor hen uitstrekte: de BESNEEUWDE bergtoppen tekenden

zich af tegen een wolkenloze en felblauwe hemel. Tussen de grassprietjes waren honderden bloempjes te zien: blauwe gentianen, witte margrieten, gele boterbloempjes en nog vele andere. Heidi plukte er een paar van alle soorten die ze mooi vond en stopte ze voorzichtig in haar jasje, dat ze rond haar middel had geknoopt.

Haar voortdurende heen-en-weergeloop trok de aandacht van de geitjes. Ze volgden haar, waardoor de kudde zich in alle RICHTINGEN begon te verspreiden en zowat tot stilstand kwam. Peter moest de afgedwaalde geiten telkens weer bij de kudde brengen en roepen: 'Heidi?! Waar ben je?! Blijf wat dichter bij me!'

Heidi's stemmetje weerklonk dan van achter een DENNENBOOM, vanuit een bloemenstruik, of uit een bocht in de weide: 'Ik ben hier, Peter! Geen paniek!'

Maar Peter maakte zich wel zorgen: 'Heidi, het kan erg GEVAARLIJK zijn in de bergen! Let op voor de rotsen en ga niet te dicht bij de afgrond!'

Peter was extra voorzichtig met Heidi, omdat de oude knager hem dat had opgedragen, maar ook omdat hij het wel fijn vond dat het knagerinnetje hem gezelschap hield: meestal waren de dagen in de weide enorm saai, maar met Heidi erbij waren ze een stuk vrolijker ...

Toen ze op een plek kwamen waar het gras wel leek te schitteren, stopten ze. Peter deed een tukje terwijl Heidi nieuwsgierig alles onderzocht.

Ze bewonderde de sneeuw op de hoogste toppen, de vogels die de lucht doorkliefden, het uitzicht dat bij elke stap veranderde. Tijdens de lunch dronk ze alleen maar haar melk. Haar brood en kaas gaf ze aan Peter.

De knager begreep dat hij een erg VRIJGEVIG vriendinnetje had gevonden!
Na de lunch sloot Heidi vriendschap met de geitjes, en ze wilde van alle diertjes de naam weten. Ze ontdekte dat Peter ook zijn eigen geitje had. Ze was mooi en MOLLIG en haar naam was Slakje. Maar Heidi's lievelingsgeitje heette SNEEUW-VLOKJE. Toen Heidi te weten kwam dat Sneeuwvlokje pas de vorige dag bij haar moeder was weggehaald en dat ze daarom verdrietig bleef blaten, gaf ze het beestje een DIKKE knuffel. Ze zei: 'Maak je geen zorgen, Sneeuwvlokje! Ik ben hier bij je!'

Heidi en Peter liepen pas bij zonsondergang terug naar de vallei. Zodra het hutje in zicht kwam, zwaaide ze naar Peter en RENDE ze ervandoor naar haar opa. Ze had zo veel te vertellen!

Eerst liet ze hem de bloemen in haar jasje zien en ze riep opgetogen: ‘Kijk eens, opa, hoe mooi!’

Heidi’s enthousiasme verdween als sneeuw voor de zon toen ze zag dat alle bloempjes verwelkt waren. Beteuterd fluisterde ze: ‘Hoe kan dat nu? Daarnet waren ze nog zo mooi!’

Opa aaide haar donkere krullen en zei:

‘Bloempjes blijven het liefst in de weide! Als je ze plukt, VERWELKEN ze.’

Heidi besliste meteen dat ze in haar leven nooit meer bloemen zou plukken!

Toen vroeg ze: ‘Opa, ik zag in de bergen een grote vogel … Hij krijste zo hard dat hij zelfs die slaapkop van een Peter heeft wakker gemaakt! Wat voor vogel was dat?’

‘Ik denk dat je een arend hebt gezien, Heidi.’

‘Waarom vliegt die zo HOOG? En waarom zingt die zo’n lied, opa?’

'Er is een *legende* die zegt dat de arend roept om de knagers voor de gek te houden, omdat hij van daarboven kan zien dat het ons niet lukt om zonder RUZIE samen te leven. Daarom berispt hij ons, alsof hij wil zeggen: Als jullie het niet eens kunnen worden met elkaar, dan moet je maar doen zoals ik, en in je eentje hoog tussen de bergtoppen gaan wonen!'

Die avond zat Heidi op haar strooien bedje nog lang na te denken over de legende van de arend. Toen sloot ze haar oogjes, klaar om weg te dromen in het SCHIJNSEL van de sterren.

Daar is de winter

De zomer verliep rustig. Heidi ging elke middag met Peter de weiden in. Opa noemde Peter voor de grap altijd "de geiten-generaal".

Het waren vrolijke dagen. Er ging geen uur voorbij waarin Heidi niet iets nieuws leerde. Langzaam werd het HERFST en er stak een sterke wind op die de sparren deed sidderen. Op een ochtend, die KOUDER was dan de andere, zei opa: 'Het is beter als je binnen blijft, Heidi. Je bent nog klein, en die sterke wind zou je in de afgrond kunnen blazen!'

Heidi en Peter waren erg teleurgesteld door die beslissing en de geitjes waren zo triest dat ze weigerden om netjes naast elkaar naar de weide te wandelen.
Ook al moest ze binnen blijven, Heidi vond altijd wel iets om zich mee bezig te houden. Ze hielp opa, ze onderzocht de VLAKTE rondom het hutje, of ze luisterde naar de vreemde klanken die de wind maakte tussen de takken van de dennenbomen.
Ze stond elke dag vroeg op om Peter uit te zwaaien, als hij 's ochtends de geitjes kwam halen om naar de weide te trekken.

Maar op een dag werd Heidi wakker en ontdekte ze dat alles buiten bedekt was door een dikke laag maagdelijk witte sneeuw.
Een hele week lang DWARRELDEN er dikke, zachte sneeuwvlokken uit de hemel naar beneden.

Het hutje was in een sneeuwhut veranderd. Opa zorgde ervoor dat het pad voor de deur vrij bleef door een paar keer per dag buiten sneeuw te gaan ruimen.
En gelukkig dat hij dat deed! Op een middag werd er onverwacht op de deur van de hut geklopt. Toen opa de deur opende, zag Heidi een soort reusachtige sneeuwpop binnen wandelen. De sneeuwpop hobbelde de kamer door, richting het HAARDVUUR.
Opa barstte in lachen uit, terwijl Heidi verbaasd naar de vreemde bezoeker bleef staren. En toen ZAG ze het: natuurlijk … het was Peter! Hij zat van kop tot staart onder de sneeuw en probeerde zich wat op te warmen aan de vlammen uit de open haard. Het was ongelooflijk hoeveel de twee vrienden elkaar te vertellen hadden nadat ze elkaar een week niet hadden gezien!

Even later deed opa iets dat hij nooit gedaan zou hebben vóórdat Heidi in zijn leven kwam. Hij richtte zich tot Peter, GLIMLACHTE en vroeg: 'Zo, generaal, blijf je hier eten vanavond?'

Eerst stond Peter met zijn mond vol tanden, maar hij was vooral ook erg blij. Hij stemde in: hij had een reuzehonger!

Aan tafel smulde hij van de portie gesmolten kaas die hem was voorgezet. In zijn kleine hutje kon hij bijna nooit zoveel eten … en zó lekker!

Dankzij het goede gezelschap vloog de tijd voorbij en al SNEL moest Peter er weer vandoor, naar huis. Toen hij bij de deur stond, draaide hij zich nog even om naar Heidi: 'Ik kom volgende week zaterdag terug. Mijn oma wil je trouwens ook graag eens ontmoeten!'

Wat **lief!** Heidi was nog nooit bij iemand thuis uitgenodigd. Ze viel in SLAAP met die gedachte en toen ze wakker werd vroeg ze meteen: 'OPA, Peters oma wacht op me, gaan we nu al?'

'Nee Heidi, het weer is veel te slecht nu. Je moet nog wat geduld hebben', antwoordde opa zacht.

Heidi knikte met tegenzin, en vanaf die dag vroeg ze elke ochtend bij het ontwaken:

'GAAN WE VANDAAG NAAR PETERS OMA?'

Ik kom je opzoeken, oma!

Een paar weken na Peters bezoek aan Heidi en opa stopte het eindelijk met sneeuwen. De wolken maakten plaats voor de zon, maar het was wel nog steeds erg koud. Op een ochtend vermaakte Heidi zich door voor hun hut heen en weer te HUPPELEN. De BEVROREN sneeuw knisperde onder haar voeten. Net zoals elke ochtend vroeg ze aan opa: ‘Gaan we vandaag naar oma?’ Opa krabde door zijn baard en fronste zijn voorhoofd terwijl hij naar de lucht staarde. Uiteindelijk antwoordde hij: ‘Ja, Heidi!

Vandaag kunnen we gaan.'
Hcidi's hart maakte een sprongetje van VREUGDE!
Opa liep de hut uit, naar zijn werkplaatsje. Toen hij weer buiten kwam, hield hij een stevige HOUTEN slee vast. Eerst ging hij er zelf op zitten en daarna nam hij Heidi in zijn armen. Hij wikkelde haar in een WARME deken zodat ze geen last zou hebben van de kou.

Zodra ze allebei zaten, zette opa af. De *slee* gleed met zo'n snelheid naar beneden dat Heidi gilde van plezier: ze leken wel een vogel, die klaar was om op te stijgen!
Opa glimlachte en hield Heidi stevig tegen zich aan gedrukt. Na een paar minuten kwam de slee tot stilstand voor het deurtje van Peters HUT.
Opa zei Heidi gedag en sprak: 'Ga nu maar naar binnen! Ik kom je hier ophalen als het bijna donker wordt.

Toen draaide opa zich om en duwde de slee weer de berg op.
Heidi liep ongeduldig naar de ingang van het hutje. Ze opende de deur en stond meteen pal in een klein kamertje met weinig licht, met een bijna uitgedoofd haardvuur.
Er lagen nog maar een paar takjes te branden.
Heidi schuifelde voetje voor voetje vooruit en zag dat Peters moeder aan een houten tafeltje zat te NAAIEN.
Dichter bij de kachel zat een oudere knagerin te spinnen: dat was Peters oma!
Heidi liep beleefd op haar af. Ze tikte zachtjes op de schouder van de knagerin en zei: 'Dag oma, ik kom je bezoeken! Ik ben Heidi!'
De oude knagerin draaide zich verrast om en haar heldere OGEN richtten zich op een onzichtbaar punt in de schemering.
De knagerin stak haar poten uit totdat ze

Heidi's KRULLEN voelde en riep toen: 'Ben jij het kleine knagerinnetje uit de Alpen? Wat ben ik blij dat je gekomen bent! Peter heeft het zo vaak over jou!'
Heidi glimlachte: 'Ja oma, ik ben het! Ik kon pas vandaag komen omdat het de afgelopen dagen zulk slecht weer was … Mijn opa heeft me gebracht met de slee!'
Toen ze dat hoorde, stond oma PERPLEX: wat was het vreemd dat de oude knager van de Alpen zoiets liefs had gedaan!
Peters moeder had tot op dat moment nog niets gezegd. Ze kwam dichterbij en zei: 'Oma, Heidi is echt een heel MOOI knagerinnetje! Ze lijkt erg op haar mama!'
Terwijl de oude knagerin haar snuitje aaide, zei Heidi bezorgd: 'Misschien zou oma me kunnen zien als er wat meer licht zou zijn!'
Maar oma zuchtte en zei: 'Ach, liefje! Alleen

wat licht kan me helaas niet helpen! Mijn OGEN zijn te oud en te moe … Ik ben blind, moet je weten. Ik kan niet meer zien!'

Toen Heidi dat hoorde, kwamen er meteen tranen in haar ogen: 'Zeg dat niet, oma! Mijn opa zal je wel helpen! Hij kan echt alles!'

'Kleine Heidi, niemand kan er iets aan doen. Maar ik ben al heel blij dat jij hier bent!'

Die dag vertelde Heidi hoe haar dagen er uitzagen, wat er gebeurde hoger in de bergen en wat ze deed met haar opa.

Peters moeder en oma luisterden aandachtig naar haar verhalen. Af en toe werd hun GEKLETS onderbroken door het geluid van een gebroken luikje, dat hard tegen de muur bonsde.

Een paar uur later kwam Peter thuis van school. Hij was stomverbaasd toen hij zag dat Heidi bij hem thuis was.

Oma begroette hem en zei: 'Is de school nu al uit?'
De middag was OMGEVLOGEN! En dat allemaal dankzij Heidi's bezoekje! Ze vroeg Peter: 'Zo, gaat het al goed met lezen?'
Peter bloosde en mompelde: 'Nee, nog niet echt ...'
Oma schudde haar hoofd en zei: 'Peter, binnenkort word je twaalf en je weet hoe graag ik zou hebben dat iemand me kan voorlezen uit mijn oude boek ...'
Heidi nam oma's rimpelige poten in haar mollige pootjes en zei: 'Ik zal je ooit wel voorlezen uit dat boek, oma ... Maar nu moet ik gaan, het is DONKER en opa wacht op me!'
Heidi was nog maar net buiten of ze zag haar opa al staan. Hij wikkelde haar weer in de warme DEKEN en trok haar op de slee naar boven, naar de hut, terwijl zij hem alles vertelde wat ze had gedaan bij Peter thuis.

Als laatste zei ze: 'We moeten Peters oma helpen, opa … Haar hutje is echt donker en **KOUD!**'

Opa schrok: 'Moeten we dat? Wie zegt dat dan?'

Heidi drong aan: 'Ik zeg dat! Hun huisje is echt maar zielig: het luik klappert de hele tijd en het is er ijskoud! Jij bent sterk en lief en jij kan dat allemaal oplossen!'

Opa glimlachte in de duisternis, maar zei niets.

Een heldere nacht

De volgende middag besloot Heidi om Peters oma weer op te gaan zoeken. Ze was absoluut niet verbaasd toen ze zag dat opa de slee vollaadde met SPIJKERS, een hamer en ander gereedschap.

Het was een pijlsnelle afdaling naar Peters hut en Heidi HUPPELDE meteen naar binnen. Het knagerinnetje werd verwelkomd met een vreugdekreet van oma: 'Het knagerinnetje! Ze is er!'

Heidi ging zitten op een krukje tussen Peters oma en moeder. Meteen begon ze met hen te kletsen.

Ineens stak oma haar poot op om te zeggen dat ze stil moest zijn en ze spitste haar oren: 'Sssst! Wacht even! Ik heb iets **gehoord!** Horen jullie dat niet?'

Heidi GLIMLACHTE: 'Dat is mijn opa! Hij repareert het klapperende luik, en daarna nog een heel stel andere dingen ...'

Oma geloofde haar oren niet: 'De **OUDE** knager van de Alpen?! Ik wist helemaal niet dat die zo *vriendelijk* kon zijn ... Nog nooit heeft iemand zoiets voor ons gedaan!'

De oude knagerin glimlachte. Peters moeder keek door het raam om het met eigen ogen te zien: 'Ja hoor, hij is het ... Dat gelooft niemand!'

Maar toen ze naar buiten liep om hem binnen te vragen, was hij **VERDWENEN** in het niets.

Die avond stond opa Heidi op te wachten op dezelfde plek als de vorige avond. Maar voordat ze op de slee sprong, omhelsde ze hem stevig en bedankte hem stilletjes.
De oude knager beantwoordde haar knuffel en glimlachte.
In Peters HUTJE sliep zijn oma die avond erg rustig, zonder het voortdurende geklapper van het luik.
En ook Heidi's opa sliep beter die nacht.
Hij had zich nog nooit zo rustig gevoeld.

Ongewenst bezoek

De winter ging SNEL voorbij. De schoolmeester van het dorp had Peter al een paar keer naar Heidi gevraagd. Steeds zei hij op berispende toon: 'Dat knagerinnetje moet toch ooit eens naar school komen!' Tot tweemaal toe vertelde Peter aan Heidi's opa wat er gebeurd was, maar die antwoordde nooit.

Toen kondigde een waterig zonnetje de LENTE aan. De sneeuw smolt langzaam en de slapende plantjes begonnen langzaamaan weer te groeien.

Op een ochtend werd Heidi vroeger wakker dan anders en ze besloot een wandeling te gaan maken door de velden. Toen ze zoals gewoonlijk naar buiten stormde, knalde ze bijna tegen een knager aan die bij hun HUTJE stond te wachten, streng en met de borst vooruit.

De vreemde bezoeker was lang, mager en gekleed in een sober en donker pak.

Zodra hij haar zag, liep hij naar haar toe met een overdreven GLIMLACH:

'Wees niet BANG, Heidi! Ik ben Peters schoolmeester. Ik zoek je opa. Weet jij waar hij is?'

Heidi wees aarzelend naar de hut: 'Opa is binnen, hij is hout aan het HAKKEN!'

Net op dat moment verscheen de oude knager op de drempel. Toen hij zag wie de bezoeker was, zei hij tegen het knagerinnetje: 'Heidi, breng jij Witje en Zwartje wat lekker GRAS

hiernaast? Ik zal je komen roepen wanneer je mag terugkomen.'
Heidi gehoorzaamde en de twee knagers liepen de hut binnen terwijl ze elkaar ARGWANEND in de gaten hielden.
Opa zei: 'Goedemorgen, meester.'
De meester antwoordde met een knikje: 'Ik heb u al lang niet meer gezien. Ik denk dat u wel weet waarom ik hier ben.'
Opa antwoordde BRUUSK: 'En u kent mijn antwoord vast al. Heidi komt niet naar school!'
De meester sprong op van woede: 'U weet heel goed dat ze onderwijs nodig heeft! Welke plannen heeft u met haar?!'
'Ik wil dat ze hier blijft en alles leert wat écht nuttig is: voor zichzelf zorgen en allerlei gebruiksvoorwerpen maken. Ik wil haar alles leren over de planten en de DIEREN: daarover kan ze niets slechts leren!'

De meester was GESCHOKT door die woorden: 'Uw nichtje is geen wild dier! Ze moet omgaan met kinderen van haar leeftijd en leren lezen en schrijven, voor haar eigen welzijn!'

Opa deed een stap naar voren en keek de meester DREIGEND aan: 'Dus u vindt dat zo'n kleine meid als zij de hele vallei moet afdalen door de sneeuw en de VRIESKOU? Dat ze haar gezondheid op het spel moet zetten om u tevreden te stellen?'

De meester probeerde zijn punt op een kalmere manier uit te leggen: 'Misschien kunt u de winter in het dorp komen doorbrengen, in Dörfli? Dat zou zowel voor Heidi als voor uzelf beter zijn.'

Opa schudde zijn hoofd en wuifde het idee weg met zijn poot: 'Daar beneden

behandelen ze me toch alleen maar met achterdocht. Gewoon omdat ik hier al zo lang in m'n eentje woon!'
De oude knager van de Alpen leek niet van gedachten te willen veranderen, dus ging de meester er maar weer vandoor. 'U mag geen vooroordelen hebben! Wij staan altijd klaar om u te ontvangen. Denkt u er eens over na.'
Opa schudde de poot die de meester naar hem uitstak, maar zei geen woord meer.
Na deze aanvaring had opa dagenlang een ROTHUMEUR, dus bleef Heidi zich maar afvragen wat er gebeurd was.

Bestemming Frankfurt

Een paar dagen na het bezoek van de schoolmeester was er alweer een bezoeker die opdook bij de hut. Het was tante Dete! Ze pronkte met een GRAPPIG hoedje en haar jurk was zo lang dat de zoom over de GROND sleepte. Ze was in een opperbest humeur en bleef de hele tijd breed glimlachen terwijl ze Heidi en opa overlaadde met complimentjes.

'Opa, je hebt het helemaal voor elkaar! En jij Heidi, je bent zo mooi! Als jullie maar eens wisten hoeveel ik aan jullie heb gedacht de afgelopen maanden ...'

Maar opa **onderbrak** haar geslijm en snauwde: **'Wat wil je, Dete?**

Tante Dete was even ontstemd, wachtte een paar tellen en stak toen van wal. In één adem zei ze: 'Oh, opa! Ik heb op alle mogelijke manieren een regeling gezocht voor Heidi in Frankfurt en ik heb er eindelijk één gevonden! Een rijk gezin dat familie is van mijn baas, heeft een dochtertje dat al jaren in een **rolstoel** zit. Ze zijn op zoek naar een knagerinnetje om haar gezelschap te houden en ik dacht meteen aan Heidi! Weet je opa, zo zou Heidi in één van de rijkste buurten van Frankfurt terechtkomen! En ...'
Opa onderbrak haar geïrriteerd: 'Genoeg! Ik ben er tegen. Heidi gaat niet naar de **STAD**.'
Tante Dete werd woest: 'Maar je weet niet wat je zegt! Hier woont ze als een geit en ze gaat niet eens naar *school*. Ik kan je laten vervolgen en voor de rechtbank dagen voor zoiets!'

Toen hij dat hoorde, keek opa Dete met grote ogen aan. Toen kneep hij ze samen tot spleetjes en hij bulderde: 'Zit het zo?!? Neem haar dan mee en maak dat je wegkomt! Maar als je haar meeneemt, dan wil ik je hier nooit meer zien! Ik wil haar niet zien ZOALS jij hier nu staat, met dat belachelijke hoedje en dat truttige taaltje!'

Heidi was enorm geschrokken en luisterde zonder iets te zeggen naar de ruzie. Ze zag tante Dete de KAST doorzoeken naar de kleren die Heidi had gedragen toen ze hier pas aankwam. Toen ze die had gevonden, liep ze naar Heidi en zette ze het strooien hoedje op haar hoofdje. Ze nam haar poot en sleepte haar mee het hutje uit.

Heidi begreep er niets van: wat gebeurde er allemaal? Ze plantte haar voetjes stevig op de grond en STRIBBELDE uit alle macht tegen:

'Ik wil niet naar de stad gaan! Ik wil hier in de Alpen blijven, bij opa! Ik wil hier blijven!'
Tante Dete gilde: 'Zeg niet zulke domme dingen! Je gaat in een prachtig huis wonen met alle luxe die je nodig hebt. De familie Sesemann kijkt al uit naar je komst!'
Maar Heidi was helemaal niet overtuigd: 'Kan ik vanavond nog terug naar huis? Ik moet thuis zijn voor het DONKER is!'
Tante Dete dacht even na en zei toen: 'Niemand zal je daar HOUDEN tegen je zin en je kan terugkomen wanneer je maar wil. Maar je zult zien, je gaat zulke lekkere dingen ETEN vanavond! Heerlijke gerechten, luchtig wit brood ...'
Plotseling HERINNERDE Heidi zich wat Peters oma een paar dagen eerder had gezegd: ze had zoveel zin in luchtig brood dat geen pijn zou doen aan haar tanden als ze erop beet, maar met het weinige geld dat ze hadden, konden ze dat niet

betalen. Heidi bedacht meteen dat ze oma zou kunnen helpen en dus vroeg ze aan tante Dete: ‘Kan ik dan witte zachte broodjes naar oma brengen?’
Tante Dete begreep niet wat Heidi bedoelde, maar omdat ze geen tijd had om er langer over door te gaan, antwoordde ze snel: ‘Maar natuurlijk! Je kan zo veel broodjes brengen als je maar wil! Maar kom, maak je nu klaar, we moeten gaan, we mogen geen tijd verliezen …’
Terwijl ze van de berg naar beneden WANDELDEN, kwamen Heidi en haar tante Peter tegen. Heidi keek hem aan en riep nog net: ‘Hé, Peter! Ik ga naar Frankfurt! Maar ik kom snel terug … Misschien vanavond al!’
Peter keek zijn vriendinnetje aan met een vragende blik, terwijl tante Dete steeds ongeduldiger werd en het knagerinnetje bij de arm voortsleepte. Peter staarde hen stomverbaasd na.

Dat was de afspraak niet!

Huize Sesemann in Frankfurt leek wel een prinsessenhuis: het was een palazzo dat uit meerdere verdiepingen bestond en aan één van de hoofdwegen van de stad gelegen was.

Die dag zat Klara Sesemann in haar rolstoel in de bibliotheek. Ze bracht hele dagen tussen de boeken door, want ze kreeg les van een privéleraar.

Naast Klara stond een gouvernante, die er erg **STRENG** uitzag: de akelige *juffrouw* Rottenmeier. Sinds Klara's moeder een paar jaar eerder overleden was, was juffrouw Rottenmeier verantwoordelijk voor het onderhoud van het huis en de opvoeding van de kinderen tijdens de lange periodes waarin meneer Sesemann afwezig was.

Die dag was Klara erg ongeduldig: 'Hoe laat is het? Zouden ze er niet al lang moeten zijn?'

Net op dat moment liepen tante Dete en Heidi de **POORT** van huize Sesemann binnen. Sebastian, de butler, was enorm beleefd: hij groette hen, maakte een kleine buiging en verdween toen achter een deur. Een paar ogenblikken later kwam het kamerknagerinnetje Tinette tevoorschijn uit diezelfde deur. Tinette was heel wat minder **BELEEFD** dan Sebastian: ze liep voor hen de trappen op zonder een woord te zeggen en liet hen zeker een kwartier wachten. Toen ze eindelijk terugkwam, zei ze op scherpe toon: 'U wordt verwacht … en u bent te laat!'

Tante Dete en Heidi liepen door een lange gang en kwamen uiteindelijk aan bij de deur van de bibliotheek. Juffrouw Rottenmeier stond voor hen en bekeek Heidi alsof ze een diefje was dat ze net op heterdaad had **betrapt** in de voorraadkast.

Heidi keek nieuwsgierig terug.

Juffrouw Rottenmeier boog zich naar het knagerinnetje toe en hield haar bril stevig vast om haar beter te kunnen bekijken: 'Hoe heet je?'

'Mijn naam is **Heidi!**'

Rottenmeier sloeg haar ogen ten hemel: ‘Maar dat is geen naam! Het kan niet dat je zo heet!’
Maar Heidi zei: ‘Echt waar, mijn naam is Heidi!’
Tante Dete **kneep** Heidi in haar arm en kwam tussenbeide: ‘Mijn excuses, juffrouw! Het knagerinnetje is het niet gewend om in herenhuizen te komen en te praten. Haar naam is Adelaide, zoals haar arme MOEDER, mijn *geliefde* zus.’
Juffrouw Rottenmeier fronste haar voorhoofd nog meer en bleef Heidi **AANSTAREN.** ‘Maar Dete! Je had toch gezegd dat Adelaide twaalf jaar oud was, zoals Klara! Dit knagerinnetje is veel jonger.’

Heidi wilde antwoorden, maar Dete was **SNELLER:** ‘Ik ken haar exacte geboortedatum niet, juffrouw, maar ze moet zo ongeveer … tien jaar oud zijn!’

Juffrouw Rottenmeier boog zich nogmaals naar Heidi toe en vroeg: 'Welke boeken heb je al bestudeerd?'

Heidi antwoordde met een stralende glimlach: 'Geen enkel boek. Geen enkel!'

Juffrouw Rottenmeier richtte zich weer op en wees Dete terecht met een giftige opmerking: 'Dat was de afspraak niet!'

Tante Dete liep alweer naar de deur, alsof ze erg GEHAAST was: 'U had me een speciaal knagerinnetje gevraagd, en ik garandeer u dat Heidi dat is! Maar excuseert u me nu, ik moet gaan, ik moet terug naar mijn werk!'

Tante Dete zwaaide nog SNEL naar Heidi en een paar tellen later was ze verdwenen.

Rottenmeier liep met grote passen achter haar aan de gang in en liet Heidi en Klara alleen achter in de bibliotheek.

We moeten haar alles leren ...

Klara leunde wat voorover om de nieuwe gast te bekijken. ‘Kom eens wat DICHTERBIJ!’ vroeg ze.
Heidi gehoorzaamde en ging bij het knagerinnetje staan. Ze GLIMLACHTEN verlegen.
Klara begon vragen te stellen:
‘Hoe heb je het liefst dat ik je noem? Heidi of Adelaide?’
‘Ik heet gewoon Heidi!’
‘Goed, dan zal ik je zo noemen.
Het is een vreemde naam,
maar ik vind hem wel leuk! Zijn je haren

altijd al zo zwart en GEKRULD geweest?'
'Ja! Altijd al!'
Klara was **NIEUWSGIERIG** en wilde haar nieuwe vriendinnetje beter leren kennen. Ze vroeg verder: 'Had je eigenlijk zin om naar Frankfurt te komen?'

Heidi werd ineens heel TRIEST: 'Nee, helemaal niet! Ik woon in de Alpen, bij opa en bij oma! Trouwens ... Zou ik wat witte broodjes mogen hebben voordat ik weer naar huis ga? Tante Dete heeft me gezegd dat jullie er hier heel veel hebben!'
Klara LACHTE: 'Ik vind je aardig, Heidi! Wil je niet een poosje bij mij blijven? Ik kan je leren lezen en schrijven!'
Heidi was vastbesloten en schudde haar hoofd: 'Maar dat gaat niet! Ik moet terug naar huis!'

Klara probeerde haar te overtuigen: 'Je weet toch dat het heel BELANGRIJK voor je is om te kunnen lezen en schrijven? De leraar komt elke ochtend. En nu jij hier bent, weet ik zeker dat de lessen leuker zullen zijn: tot nu toe was het altijd zo saai! Zelfs juffrouw Rottenmeier doet alsof ze haar neus moet SNUITEN om te verbergen dat ze geeuwt!'

Net op dat moment liep Rottenmeier de bibliotheek binnen. Ze riep Sebastian en Tinette en begon BEVELEN uit te delen: 'Sebastian, vanavond eten we vroeg, alles is al klaar! Tinette, maak de kamer van onze gast klaar! Vooruit, OPSCHIETEN jullie!'

Terwijl Sebastian Klara's stoel naar de eetkamer rolde, wandelde Heidi mee. 'Weet je dat je heel erg op een vriend van me lijkt? Hij heet Peter, hij woont in de Alpen en elke ochtend gaat hij met de geitjes naar de weide!'

Sebastian wilde antwoorden, maar Rottenmeier **SNAUWDE** gauw: 'Adelaide! Spreek het personeel niet aan met "jij"! Je weet echt niets van deze wereld!'

Heidi besloot dat ze maar beter kon zwijgen, om geen andere **fouten** meer te maken.

De tafel in de eetkamer was al gedekt: Klara schoof aan één van de LANGE zijden van de tafel aan en Heidi ging tegenover haar zitten. Sebastian diende op en bracht een MANDJE met zachte broodjes dat hij in het midden van de tafel zette. Heidi's blik klaarde meteen op! Ze fluisterde tegen Sebastian, die de soep naar de tafel bracht: 'Mag ik wat broodjes nemen?!'

Sebastian keek haar glimlachend aan en

knipoogde als antwoord: natuurlijk mocht ze dat!
Dus nam Heidi snel een broodje uit de mand, maar in plaats van het op te eten, verstopte ze het stiekem onder haar servet.
Toen ze weer opkeek, was haar bord al gevuld met soep. Heidi was niet gewend aan zo'n uitgebreide en deftige maaltijd en maakte er een rommeltje van: ze morste al haar soep op het tafellaken.

Juffrouw Rottenmeier zuchtte diep: 'We moeten haar echt alles leren … Zelfs tafelmanieren!'
Na het avondmaal legde Rottenmeier het kleine knagerinnetje de huisregels uit. Ze praatte zoveel dat Heidi na een tijdje enorm VERWARD was. Ze was erg opgelucht toen ze naar bed mocht!

Dat leek wel het gefluister van de sparren

De volgende ochtend, toen Heidi wakker werd, schrok ze even dat ze niet in haar bedje lag in de HUT van opa. Ze ging rechtop zitten en merkte dat ze op een dikke, zachte matras zat. Het LICHT viel de kamer binnen tussen de dikke gordijnen die voor de smalle, hoge ramen hingen. Naast het bed stonden twee leunstoelen en een rond tafeltje. In een hoek van de kamer stond bovendien een **GROTE** kledingkast.
Heidi wreef haar ogen uit en sprong uit bed.
Ze was dus in Frankfurt. Ze zuchtte ...
Ze miste de Alpen nu al!

Ze probeerde de ramen te bereiken: misschien kon ze van hieruit naar BUITEN kijken! Maar toen ze de gordijnen opendeed, ontdekte ze dat de ramen dicht zaten en dat de vensterbanken zo hoog waren dat ze er onmogelijk bij kon. Heidi strekte zich uit en ging op de puntjes van haar poten staan, maar ze zag alleen maar daken en stenen gevels … Geen WEIDEN, geen bomen, en vooral geen bloemen! Heidi ging zitten in een van de leunstoelen. De vorige avond had juffrouw Rottenmeier haar wat gezegd, maar ze kon het zich niet goed meer herinneren: ze had ook zoveel gezegd! Even later klopte Tinette aan, BRUTAAL en knorrig zoals gewoonlijk: 'Het ontbijt is klaar!' Heidi was stomverbaasd: de woorden van het kamerknagerinnetje gaven haar niet echt een welkom gevoel! En bovendien wist ze niet waar ze HEEN moest. Een paar minuten lang bleef

ze staan, onzeker over wat ze zou doen.
Uiteindelijk verscheen Rottenmeier in de deuropening. Ze gilde woedend: 'Adelaide?! Weet jij wat dat betekent, "ONTBIJT"? We wachten op je!'
Heidi SPRONG op, kleedde zich aan en spurtte vliegensvlug naar beneden. Als ontbijt at ze brood met boter en marmelade. Daarna ging ze samen met Klara naar de bibliotheek om op de leraar te wachten.
Toen die aankwam in huize Sesemann stond juffrouw Rottenmeier hem al enthousiast op te wachten in de eetkamer. Ze legde hem tot in de puntjes alles uit over Klara's nieuwe studiegenootje. Het knagerinnetje kon niet lezen en niet schrijven … En alsof dat nog niet genoeg was, was ze ook nog eens ongelooflijk slechtgemanierd!
Op strenge toon zette ze de gouvernante haar betoog voort: 'Er is maar één manier om dat

knagerinnetje TERUG naar huis te kunnen sturen. U moet gewoon verklaren dat Heidi's aanwezigheid ernstige schade toebrengt aan juffrouw Klara's opvoeding. Dan is het probleem meteen opgelost.'

De leraar wilde eerst wat nadenken voordat hij een beslissing nam en zei: 'Ik wil het knagerinnetje eerst leren kennen, en dan zal ik kijken wat ik kan doen.'

Tijdens de les WANDELDE Rottenmeier de hele tijd nerveus het gangpad op en neer, totdat een onverwacht geluid haar terug naar de bibliotheek lokte. Toen ze binnenkwam, zag ze het kleed, dat normaal gesproken op de schrijftafel lag, op de grond liggen, met een heleboel boeken, papieren en inktvlekken erop … Wat een ramp!

En alsof dat nog niet genoeg was, was Heidi nergens te bespeuren.

Juffrouw Rottenmeier **GILDE:** 'Wat is hier gebeurd?!'

Klara glimlachte: 'Heidi heeft niets gedaan! Ze maakte een haastige beweging en had niet gezien dat ze verstrikt zat in het kleed! Er kwamen een paar koetsen voorbij die haar **NIEUWSGIERIGHEID** wekten en daarom wilde ze snel naar buiten ...'

Rottenmeier was woedend en ging op zoek naar Heidi. Ze vond haar buiten, bij de grote toegangspoort.

'Wat doe je, snotaap?!?'

Heidi zuchtte VERDRIETIG: 'Het leek wel het gefluister van de sparren, maar ...'

Rottenmeier slaakte een zucht en sleurde het knagerinnetje mopperend het huis in.

Op de klokkentoren

Door de UITBRANDER van juffrouw Rottenmeier die ochtend had Heidi begrepen dat ze tijdens de lessen rustig en geconcentreerd moest zijn. En dat was helemaal niet makkelijk! De volgende dag, na de les en het MIDDAGMAAL, legde Rottenmeier haar uit: 'Adelaide, Klara moet nu wat gaan rusten. Je hebt een paar uur die je kan besteden hoe je maar wil. Maar haal geen GEKKE dingen uit! Dat heb je al genoeg gedaan, denk ik zo ...'
Heidi knikte: 'Goed, juffrouw. Ik zal doen wat u vraagt!'

Toen Rottenmeier weg was, ging Heidi op ZOEK naar Sebastian en vroeg hem: 'Weet jij hoe de ramen hier opengaan?'
Sebastian kon zijn LACH niet onderdrukken. Hij liep met haar naar het dichtstbijzijnde raam en liet het haar zien: 'Kijk, zo!'

Heidi kwam dichterbij, maar slaagde er nog steeds niet in om naar buiten te kijken. 'Ik kan er niet bij!'
Sebastian tilde haar zachtjes op.
Heidi strekte zich hoopvol uit, maar er wachtte haar een enorme teleurstelling!
'Ook van hieruit zie je geen velden … En geen bloemen! Alleen maar muren en daken!'
Sebastian glimlachte: 'Maar het is hier allemaal zo, jongedame.'
'Jongedame?! Mijn naam is Heidi!'
Sebastian legde haar geduldig uit: 'Juffrouw Rottenmeier heeft mij verzocht om u zo aan te spreken.'

Heidi wist ondertussen dat je Rottenmeier maar beter niet kon tegenspreken.
Ze zuchtte: 'Goed dan. Maar hoe kan ik de BERGEN zien?'
Sebastian dacht even diep na: 'Dan heeft u een toren nodig waarin u helemaal naar boven kan, zoals die daar.'
Meer hoefde Heidi niet te weten: ze HAASTTE zich het huis uit en liep de straat over. Van daarboven leek de kerktoren dichtbij, maar eenmaal buiten was het verder dan ze dacht.
De voorbijgangers leken allemaal veel te DRUK bezig om haar te helpen en Heidi durfde ook helemaal niets te vragen. Ze wandelde onzeker door de straten, tot ze een knager zag met een orgeltje en een schildpad in zijn jaszak.
Ze liep naar hem toe: 'Weet jij waar de kerktoren is?'

'Nee.'

'Ken je een andere toren hier in de buurt?'

'Ja.'

'Wil je me erheen brengen?'

'En wat geef je mij daarvoor in ruil?'

Heidi GRABBELDE in de zak van de schort die ze samen met haar nieuwe jurkje had moeten aantrekken. Ze vond een getekende kaart met een BLOEMENSLINGER erop: Klara had die haar die ochtend zelf nog cadeau gedaan. Heidi vond het vreselijk om de kaart weg te geven, maar ze zou alles gedaan hebben om haar lieve bergen terug te zien!

Ze hield de kaart voor de neus van de kleine muzikant: 'Kijk, dit kan ik je geven!'

De knager verroerde geen vin: 'Nee, bedankt. Ik wil een munt.'

'Dat heb ik niet, maar Klara wel! Als je met

me meekomt naar de toren, kan ik je een munt geven van Klara.'

Dat overtuigde de orgelspeler en hij wandelde naar de toren, op de voet GEVOLGD door Heidi.

Toen ze aankwamen, belde Heidi aan de deur om de opzichter te roepen.

Een paar minuten later kwam een oude knager de deur openen en toen hij de twee kinderen zag, begon hij meteen te brommen: 'Als jullie me al die trappen hebben laten aflopen als grap …'

Heidi wees naar de top van de toren en zei:

'Nee, het is geen grap! Ik wil graag helemaal naar boven!'

De knager antwoordde KNORRIG: 'Ik ben geen toeristische gids, hoor!'

Hij wilde de deur weer sluiten, maar Heidi trok aan zijn jas en vroeg: 'Nee, alstublieft! Ik wil zo graag naar boven!'

Ze had zo'n smekende blik dat de OUDE knager uiteindelijk toegaf en al snel stormde ze de trap op, naar boven. Maar toen ze daar aankwam, wachtte haar de zoveelste teleurstelling: ook van hieruit ZAG ze alleen de stad. Zo ver als ze kon zien, zag ze niets dan Frankfurt.
De bergen waren nergens te bespeuren!
Heidi was nog nooit zo verdrietig en ontmoedigd geweest. Ze ging weer naar beneden, samen met de opzichter, en wilde teruggaan naar het huis van de Sesemanns.
Maar plotseling hoorde ze ergens een zacht gemompel. Het kwam uit de kamer naast de ingang van de toren. Ze opende het deurtje en zag een **REUSACHTIGE** mand met daarin een moederkonijn met al haar kleintjes.
Heidi was dolenthousiast: 'Wat zijn ze prachtig! Wat zou ik er graag eentje meenemen!'

De opzichter antwoordde: 'Je mag ze allemaal hebben als je wil. Ik weet niet aan wie ik ze kwijt moet.'

'Maar ik kan ze niet meenemen … Ik zou ze niet eens naar huis kunnen dragen!'

'Vertel eens, knagerinnetje, waar woon jij?'

'Ik woon bij de Sesemanns!'

De opzichter stelde voor dat hij de konijnen de volgende dag langs zou brengen en hielp Heidi met de keuze van twee kleintjes die ze al meteen kon meenemen.

Toen ze weer helemaal beneden kwam, stond de knager met zijn orgeltje nog altijd te wachten.

Heidi vroeg hem: 'Breng je me naar huis?'

'Ken je het adres?'

'Nee …'

GELUKKIG wist de knager waar ze moesten zijn toen Heidi het huis beschreef.

Heidi had nog maar net op de poort geklopt, toen Sebastian met een ruk opendeed. Hij keek erg paniekerig en riep: 'Snel! Snel! Jongedame, u wordt verwacht in de eetkamer!'

Heidi RENDE naar binnen en Sebastian merkte het knagertje niet op dat teleurgesteld op de STOEP bleef staan.

In de eetkamer zaten Klara en de gouvernante in stilte te eten.

Niemand zei wat, tot Rottenmeier ineens nijdig tussen haar tanden door siste: 'Adelaide, het mag nooit meer gebeuren dat je weggaat zonder toestemming te vragen en dat je dan nog te laat komt voor het avondmaal ook! Nooit meer!'

Alsof het in Heidi's plaats wilde antwoorden, sprong plotseling

één van de konijntjes uit haar schort op de tafel en maakte daar wat gekke sprongen. Juffrouw Rottenmeier schrok zich te pletter en kon zich niet langer beheersen: 'ADELAIDE!!!'
Heidi viste het konijntje van de tafel, stopte het weer bij het andere beestje in haar schort en hield ze allebei stevig vast, om hen te beschermen tegen de woede van de gouvernante.
Toen legde ze alles in één adem uit: 'Dit zijn de konijntjes die ik heb gekregen van de opzichter van de kerktoren! Ze zijn voor Klara!'
Het leek wel alsof Rottenmeier elk moment kon flauwvallen.
Maar Klara was dolenthousiast: 'Ze zijn prachtig! We moeten ze houden!'
De gouvernante gaf uiteindelijk toe en die avond ging Heidi al een tikkeltje blijer naar bed.

Nog meer kattenkwaad

De volgende dag had Sebastian de *leraar* nog maar net naar de bibliotheek gebracht toen er oorverdovend hard aan de deurbel werd gerinkeld.
Hij opende de poort en zag een knagertje staan met SJOFELE kleren, een orgeltje over zijn schouder en een grappige schildpad, waarvan het kopje net uit zijn zak stak.
Sebastian berispte hem meteen: 'Wat is dat nu voor een manier om aan te bellen?!?'
De knager liet zich niet afschrikken en antwoordde: 'Ik zoek juffrouw Sesemann!'

Sebastian knipperde met zijn OGEN van de schrik: 'Hoezo?! En wat wil je dan wel van haar?'
'Ze heeft me geld beloofd.'
Sebastian SCHROK nog meer: 'Maak je een grapje?! Hoe kan jij juffrouw Sesemann ontmoet hebben?'
'Ik heb haar gisteren ontmoet en ik heb haar tot tweemaal toe de WEG gewezen. Ze heeft zwarte krullen!'
Het begon Sebastian langzaamaan te dagen wat er gebeurd was.
Hij LIET de knager binnen, liep met hem mee naar de bibliotheek en zei: 'Ik ga het geld halen. Speel jij in de tussentijd een liedje!'
Juffrouw Rottenmeier, die aan haar bureautje zat, hoorde plotseling een vreemde melodie. Dat was toch onmogelijk?! Dat iemand muziek speelde in de bibliotheek?

De gouvernante besloot er heen te gaan en zelf te kijken wat er aan de poot was.
Toen ze de deur opende, vond ze de kleine muzikant die op zijn orgeltje speelde.
De leraar leek zich wat te SCHAMEN, terwijl Heidi en Klara met een gelukzalige glimlach naar de muziek luisterden.

'Wat … AAAAAAAAH!!!'
Ze kon haar zin niet eens afmaken, want opeens zat de schildpad van de knager aan haar voeten. De gouvernante hapte naar adem en schreeuwde toen uit volle borst: 'ERUIT!!!'
Sebastian moest de knager weer naar de poort brengen, maar binnensmonds lachte hij hartelijk. Hij besloot de kleine orgelspeler tien munten te geven.
De butler was nog maar net boven toen de deurbel opnieuw rinkelde.

Deze keer was het een oude knager met een grote mand in de armen.
Sebastian bekeek hem met vragende blik.
De knager zei: 'Dit is voor juffrouw Sesemann.'
Sebastian begon zich steeds meer te verbazen.
Hij droeg de mand naar de bibliotheek, waar Rottenmeier de twee knagerinnetjes nog boos aan het toespreken was.
Toen Klara Sebastian zag binnenkomen met de mand, vroeg ze hem meteen wat er in zat.
Net op dat moment ONTSNAPTE één van de konijntjes, gevolgd door zijn broertjes en zusjes.
De konijntjes buitelden over de vloer, ze sprongen van links naar rechts, en Heidi en Klara klapten uitgelaten in hun pootjes. Die jonkies waren echt ongelooflijk schattig ...
Maar juffrouw Rottenmeier dacht daar heel anders over ... Die verderfelijke beesten hoorden hier niet thuis!

Heidi had elke mogelijke grens overschreden. De gouvernante ergerde zich GROEN en GEEL en trilde van woede. Ze stond op en zei: 'Ik heb er genoeg van, Adelaide! Het werkt kennelijk niet om jou dingen uit te leggen ... Je hebt een stevige straf nodig! En ik weet welke: je wordt de hele middag opgesloten in de kelder!'
Heidi liet zich niet AFSCHRIKKEN door dat dreigement, maar Klara verdedigde haar: 'Nee! Alsjeblieft, juffrouw Rottenmeier! Laten we wachten tot mijn vader terug is ... Dan kunnen jullie samen over Heidi's STRAF beslissen!'
Rottenmeier haalde beledigd haar neus op en knorde: 'Goed dan! Maar wees er maar zeker van dat er een straf zal volgen!'

We zijn al veel te lang van huis!

De volgende dagen verliepen redelijk rustig. Heidi haalde geen gekke streken uit, maar Rottenmeier bleef nerveus.
Heidi's komst had alle gewoonten van het huis overhoop gehaald en het leek alsof er elk moment weer vreemde dingen konden gebeuren.
Klara was nog nooit zo gelukkig geweest: met Heidi bij haar vlogen de dagen voorbij en was er altijd wel iets om je over te verbazen of waar je om moest LACHEN.
Hoe hard de leraar ook zijn best deed, Heidi maakte geen vooruitgang … Ze weigerde het

alfabet te leren en had helemaal geen zin om te leren lezen of schrijven.
De letters op het papier deden haar denken aan de bloempjes, de dieren en de vele andere dingen die ze had leren kennen in de Alpen.
Zo was ze voortdurend AFGELEID.
In de middag, na Klara's middagdutje, zaten de vriendinnetjes doorgaans met elkaar te kletsen.
Klara wilde alles weten over het leven in de bergen en Heidi vertelde maar door, totdat haar verhalen haar zoveel heimwee naar huis bezorgden dat ze enorm veel zin kreeg om terug te keren naar opa, naar de ALPEN.

Dan werd ze TRIEST en moest Klara alles op alles zetten om haar weer te laten glimlachen.

Op een dag werd de heimwee Heidi echt **TEVEEL**.

Terwijl Klara rustte, trok Heidi zich terug op haar kamertje. Ze trok de kleren aan waarmee ze aangekomen was en zette haar **strooien** hoedje op haar hoofd. De witte broodjes die ze tot nu toe na elke MAALTIJD had verborgen onder haar kast verzamelde ze allemaal in haar rode jasje. Tante Dete had tenslotte gezegd dat ze naar huis kon gaan wanneer ze maar wilde, en ze hield het nu echt niet meer uit in de stad! Toen ze klaar was voor **vertrek** opende Heidi de voordeur, maar daar botste ze tegen juffrouw Rottenmeier op, die net terugkwam van boodschappen te doen.

De gouvernante keek Heidi aan met een **KWADE** en tegelijk verbaasde blik: ‘Adelaide?! Wat spook jij uit? Waar denk jij naartoe te gaan?’

Heidi liet zich niet tegenhouden: ‘Ik wil naar huis! Ik moet terug naar de bergen!’
Rottenmeier slaakte een diepe zucht: ‘Wat een ondankbaar wicht! Je hebt hier alle luxe en nu wil je weg?!’
Heidi probeerde niet in TRANEN uit te barsten: ‘Ja, ik wil terug naar huis. Ik ben al veel te lang weg uit de Alpen! De geitjes hebben me nodig en opa wacht op me! Ik ben de stad zat, waar je nooit de zon ziet, en zelfs geen BLOEMETJE!’
Rottenmeier luisterde stomverbaasd naar Heidi’s woorden en krijste toen: ‘Dat kind weet niet wat ze zegt! Sebastian, breng haar onmiddellijk terug naar haar kamer.

De butler was nooit te beroerd om een grapje te maken, maar Heidi’s TRIESTE blik gaf duidelijk aan dat dit niet het moment was voor mopjes. Hij legde zijn poot heel zachtjes op Heidi’s

schouder en troostte haar: 'Houd moed, jongedame! Je bent al zo STERK en dapper geweest. Je zal zien dat alles op z'n pootjes terechtkomt!'
Heidi liep met gebogen hoofd de trappen op en ging terug naar Klara die in de bibliotheek zat, ook al had ze op dit moment niet echt veel zin om te PRATEN.
Intussen had Rottenmeier iets BEDACHT: als Klara het goed vond, kon Heidi vanaf nu de kleren dragen die Klara niet meer droeg. Terwijl ze de nieuwe garderobe in ORDE bracht, vond ze de rode jas in Heidi's kast. Zonder erbij na te denken, pakte ze het JASJE om het weg te gooien, maar ontdekte tot haar grote verbazing dat het volgestouwd zat met broodjes!
Ze haastte zich naar de bibliotheek met de jas en de inhoud ervan in haar poten: 'Adelaide!

Mag ik weten waarom jij brood verbergt?!?'
Toen gilde ze: 'Tinette! Gooi die broodjes weg! En als je dan toch bezig bent, mag je die vreselijke strooien HOED van Heidi ook meteen weggooien!'
Heidi barstte in TRANEN uit: 'Nee! Alsjeblieft! Niets weggooien! Dat zijn broodjes voor oma, die heeft ze zo hard nodig!'
Rottenmeier luisterde niet naar het knagerinnetje en Tinette deed wat haar was opgedragen.
Heidi had zich nog nooit zo ongelukkig gevoeld en bleef ONOPHOUDELIJK huilen.
Zelfs Klara kon haar niet troosten.
Ineens kreeg ze een idee: 'Heidi! Stop met huilen! Ik zorg er wel voor dat je naar oma kunt gaan en haar een hele mand vol wit brood kan geven. Het brood in je kast was toch niet lekker meer: dat was te oud en te HARD om nog op te eten!'

Heidi keek haar vriendin dankbaar aan en vroeg: 'Beloof je dat, Klara?'
'Natuurlijk!'
Nu Heidi gerustgesteld was, probeerde ze te stoppen met huilen, maar het lukte pas na een uur. Tijdens het avondmaal waren haar OOGJES nog helemaal opgezwollen.
Toen Sebastian zoals altijd de broodjes opdiende, voelde ze een brok in haar keel, maar ze beet DAPPER door.
Ze zag ook dat de butler vreemde tekens maakte met zijn poot, maar ze begreep niet meteen wat hij ermee bedoelde.
Maar toen ze naar bed ging, vond ze onder haar dekens een grote VERRASSING: haar strooien hoedje! Dàt had Sebastian willen zeggen: hij had het gered uit Tinettes klauwen! Heidi drukte het hoedje stevig tegen zich aan en viel TEVREDEN in slaap.

Een glas superfris water

Na lange tijd kwam meneer Sesemann eindelijk weer thuis. Zijn koets was volgeladen met pakken en koffers: hij zette ze op het binnenplein zodat Sebastian en Tinette alles konden **uitpakken** en opbergen.

Meneer Sesemann **LIEP** meteen naar Klara om haar te groeten: hij vond haar in haar kamer, samen met Heidi. Klara en haar vader knuffelden elkaar stevig en kletsten een paar *minuten.* Heidi hield zich afzijdig totdat meneer Sesemann naar haar toe kwam en zijn poot UITSTAK: 'Dus jij bent Klara's nieuwe vriendinnetje!'

Heidi glimlachte verlegen: 'Ja, dat ben ik, meneer Sesemann!'

'Goed, we zullen later uitgebreider kennismaken. Nu heb ik echt een REUZENHONGER!'

Meneer Sesemann liep naar de eetkamer en schoof aan de tafel, die gedekt stond voor een tussendoortje. Juffrouw Rottenmeier ging recht tegenover hem zitten met een gespannen blik.

'Wat scheelt er, juffrouw Rottenmeier? U lijkt bezorgd.'

'Ach, meneer Sesemann, u kunt dat niet begrijpen! Ik had zo graag goed gezelschap willen vinden voor Klara! Ik dacht dat een knagerinnetje uit Zwitserland ideaal zou zijn … Maar het is niet gelopen zoals ik had gehoopt.'

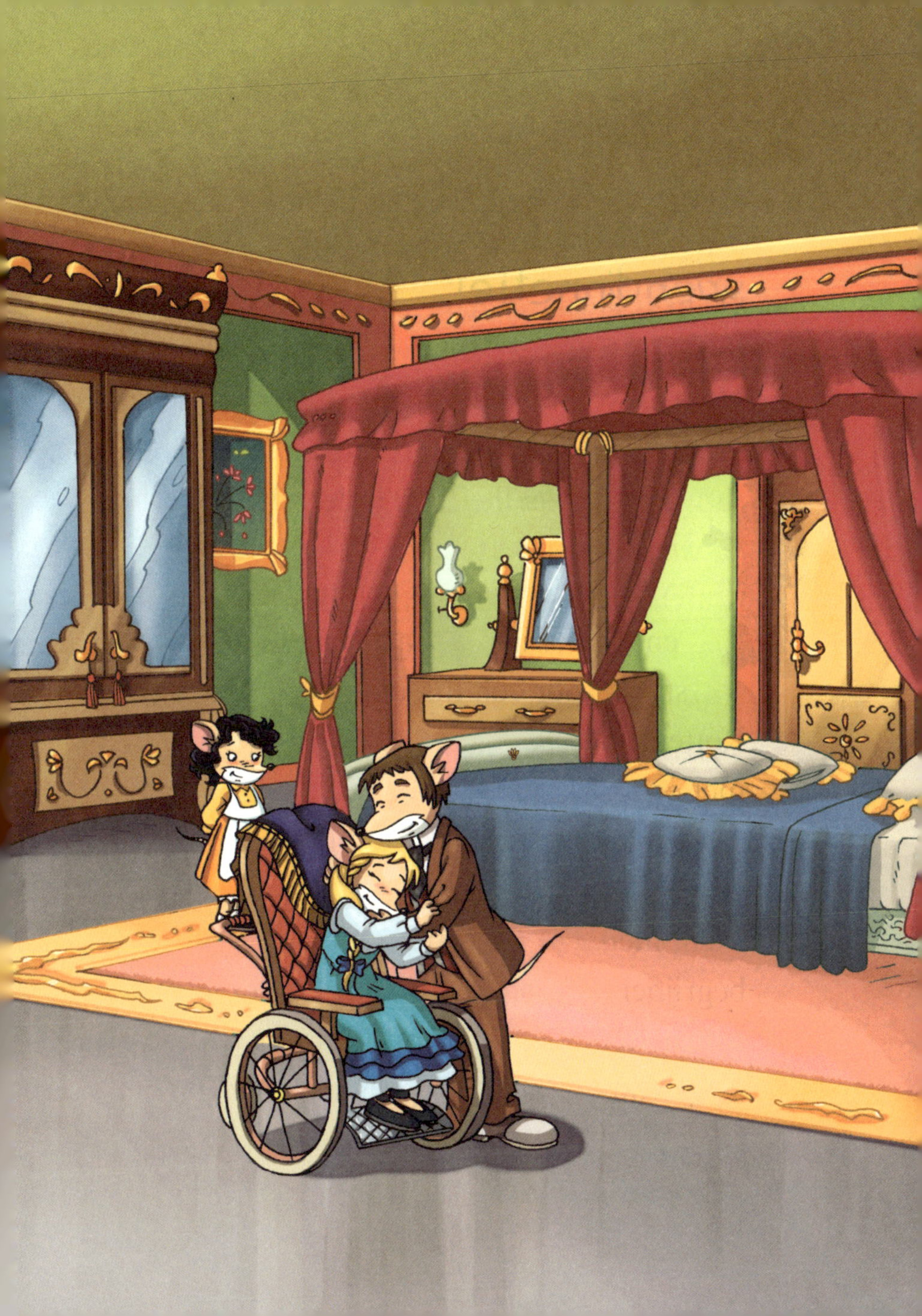

Meneer Sesemann zweeg, dus de gouvernante vertelde verder: ‘Ik wilde het beste voor Klara, maar in plaats daarvan kwam er een kleine onopgevoede en ongeletterde wildebras!’

Meneer Sesemann GLIMLACHTE: ‘Dat is allemaal niet erg, zolang Klara maar tevreden is. Juffrouw Rottenmeier, u moet BESEFFEN dat de wereld niet perfect is!’

Rottenmeier schudde haar hoofd om te laten zien dat de situatie ERGER was dan hij dacht: ‘Door dat rotkind zit het huis vol beesten! Ze kraamt alleen maar onzin uit en ze gedraagt zich vreemd! Ze kan een gevaar vormen!’

Meneer Sesemann fronste: zijn voorhoofd: hij zou Klara nooit blootstellen aan GEVAAR. Nooit!!!

Hij besloot dat hij er meer over wilde weten, dus stuurde hij Rottenmeier weg en riep hij de leraar om zijn mening te horen.

Die stelde hem gerust: 'Ze is nooit naar school geweest en ze kent het stadsleven niet, maar het is absoluut geen slecht kind. Ze pikt de dingen niet erg SNEL op, maar dat komt omdat ze zich niet concentreert. Ze heeft een levendig karakter, maar het is vooral een braaf kind!'
Meneer Sesemann wilde ook weten wat Klara te zeggen had. Hij moest dus een smoesje bedenken om Heidi bij Klara weg te krijgen.
Hij liep vriendelijk naar haar toe en vroeg: 'Zou je iets voor mij willen doen, Heidi? Zou je voor mij een glaasje water willen halen?'
Heidi glimlachte en was blij dat ze zich nuttig kon maken: 'Fris water?'
'Ja, goed! Fris water. Superfris water zelfs!'
Terwijl het knagerinnetje WEGLIEP, pakte meneer Sesemann de pootjes van zijn dochter vast: 'Zeg eens, Klara ... vertel me eens, hoe zit dat met die beesten die Heidi het huis heeft

binnengebracht? En wat betekenen die VREEMDE woorden die ze soms gebruikt?'

Klara barstte in LACHEN uit.

Ze vertelde haar vader het verhaal over het knagertje met het orgeltje en de schildpad, over de konijntjes en over Heidi's verlangen naar de Alpen terug te gaan.

Meneer Sesemann besloot: 'Dus je wilt je vriendinnetje Heidi helemaal niet wegsturen?'

'Nee, juist niet, papa! Ik ben gelukkig! Ik voel me vrolijk en rustig als Heidi bij me is ...'

Meneer Sesemann slaakte een zucht van opluchting: gelukkig had Rottenmeier zich vergist! Ondertussen schuifelde Heidi de kamer binnen met in haar pootjes een reuzegroot glas dat tot aan de rand gevuld was met superfris water.

Het knagerinnetje riep met luide stem: 'Alsjeblieft! Het heeft even geduurd, maar het

viel niet mee om een fontein te vinden!'
Meneer Sesemann was STOMVERBAASD:
'Zei je nu net fontein? Bedoel je dat je naar het dorpsplein bent gegaan?'
Heidi legde het uit: 'U vroeg om SUPERFRIS water, dus ben ik daar naar op zoek gegaan! Het was niet makkelijk: bij de eerste fontein stonden veel te veel knagers, en bij de tweede ook. Dus moest ik helemaal tot de derde fontein lopen! GELUKKIG was er een vriendelijke knager die me geholpen heeft om de weg naar huis terug te vinden.'

Nu waren meneer Sesemann en Klara nieuwsgierig: 'Een knager? Wie was dat dan?'
Heidi HAALDE haar schouders op: 'Ik weet het niet! Hij stond bij de fontein en hij vroeg me of hij wat mocht drinken. Daarna vroeg hij me voor wie het glas was, en toen ik zei "voor meneer Sesemann", moest hij lachen en

zei hij me dat ik u de groetjes moest doen …'
'Wie kan dat geweest zijn? Beschrijf hem eens, Heidi!'
'Tja, even denken … Hij had vriendelijke OGEN en een mooie snor! Oh ja, en hij had een mooie WANDELSTOK!'
'De dokter!' riep meneer Sesemann, en hij gierde van het LACHEN.

Eén komt, één gaat

Diezelfde avond riep meneer Sesemann juffrouw Rottenmeier bij zich om haar op de hoogte te brengen van zijn beslissing.
'Juffrouw Rottenmeier, Heidi blijft bij ons. Er is absoluut niets mis met haar: ze is gewoon erg speciaal. En ik wil dat haar wensen en haar gedrag gerespecteerd worden.'
Rottenmeier verstijfde, maar zei niets.
Meneer Sesemann ging verder: 'Maak u niet ongerust. Als u vindt dat u hulp nodig heeft om de orde in huis te bewaren, dan worden uw gebeden verhoord! Ik moet gauw weer weg, maar mijn moeder is op komst en ze zal hier een tijdje verblijven.'

Rottenmeier **SCHROK,** maar herstelde zich snel en antwoordde: 'Goed, meneer. Dank u voor dit goede nieuws.'

Toen Klara hoorde dat haar oma een tijdje bij hen zou logeren, was ze dolenthousiast. Ze vertelde Heidi dat haar oma ontzettend *lief* was, maar soms ook erg druk. Ze bekeek de dingen altijd van de zonnige kant en haar optimisme was zo aanstekelijk dat iedereen in haar buurt er meteen een stuk vrolijker van werd.

Klara was **VERDRIETIG** omdat haar vader weer voor zaken moest vertrekken naar Parijs, maar het nieuws over de komst van haar oma maakte veel goed.

Meneer Sesemann **VERTROK** de dag voordat zijn moeder in Frankfurt aankwam. Klara was zo gelukkig dat haar oma kwam, dat ook Heidi er blij van werd. Het duur-

de niet lang voordat ook zij over mevrouw Sesemann sprak als “oma”.
Maar Rottenmeier gaf haar meteen een **standje:** ‘Adelaide, onthoud goed dat jij mevrouw Sesemann nog altijd moet aanspreken met *mevrouw,* begrepen?’

Mijn naam is Heidi!

'S Ochtends vroeg stond het huis al helemaal op stelten. Al het personeel was druk in de weer voor oma's komst. Tinette droeg een stijf KANTEN kapje op haar hoofd en een perfect gestreken schortje. Sebastian had in alle kamers krukjes gezet, zodat oma haar favoriete stoeltje overal en altijd binnen pootbereik had. Rottenmeier rende heen en weer door het huis alsof ze bang was dat iemand zich met haar ZAKEN zou gaan bemoeien … Ze leek zich echt zorgen te maken!

Het was al bijna avond toen mevrouw Sesemanns koets eindelijk halt hield voor de grote poort. Rottenmeier smeekte Heidi om in haar kamer te wachten totdat ze geroepen werd. Dus wachtte ze geduldig totdat Tinette, nog onvriendelijker dan anders, haar eindelijk opdroeg om naar Klara's kamer te gaan.

Bij Klara was ook juffrouw Rottenmeier, en naast hen zat een OUDERE dame, gekleed in een elegante groene zijden jurk. Ze had heldere, rustige OGEN en een rustgevende glimlach.

Heidi liep heel beleefd op haar af en maakte een kleine buiging. Ze dacht eens goed na over de woorden die ze zou gebruiken en zei toen: 'Goedenavond, mevrouw!'

Mevrouw Sesemann GLIMLACHTE haar vertederd toe: 'Waarom noem jij me zo? Hebben ze je dat zo geleerd in je dorp?'

Heidi KEEK haar onzeker aan: 'Nee, eigenlijk

ken ik niemand die zich zo laat noemen!'
Oma moest lachen en streek over Heidi's haren: 'Noem me dan maar gewoon oma, goed?'
Heidi **slaakte** een zucht van opluchting: 'Goed!'
Toen vroeg Klara's oma: 'En vertel eens: hoe heet jij eigenlijk?'
Heidi keek wel uit en zei: 'Ik heet Heidi, maar hier noemen ze me liever Adelaide! Maar eerlijk gezegd vergeet ik vaak om te antwoorden als ze die naam roepen …'
Oma glimlachte: 'Als je naam Heidi is, dan noem ik je gewoon zo.'

Heidi *glimlachte* blij. Ze vond oma nu al aardig!
Maar juffrouw Rottenmeier keek zwaar **BELEDIGD**. Ze had het gesprek tussen Heidi en mevrouw Sesemann gevolgd en was enorm verontwaardigd. Zodra mevrouw Sesemann

stopte met praten, draaide ze zich verwaand om en zei: 'Mevrouw, u weet toch dat het belangrijk is dat het kind een naam heeft die iedereen makkelijk kan uitspreken en …'
Mevrouw Sesemann onderbrak haar op FERME toon: 'Juffrouw, u overdrijft. Je kunt iemands naam toch niet veranderen uit gemakzucht!'
Rottenmeier haalde haar neus op, maar durfde niet meer antwoorden.

Kan dat wel, leren lezen?

De volgende dag, na het middageten, bracht oma Klara naar haar kamer om wat te gaan rusten. Toen ze zeker wist dat haar kleindochter sliep, liep ze naar de bibliotheek, op zoek naar Heidi, maar ze vond haar niet.
Toen ze aan Rottenmeier vroeg waar het knagerinnetje was, antwoordde de gouvernante bars: 'Zoals altijd zit ze op haar kamer! Als ze wat beter opgevoed zou zijn, dan zou ik haar wat huishoudelijke klusjes kunnen laten doen, maar omdat je nooit zeker weet wat voor vreemde IDEEËN er door haar hoofd spoken, is het beter dat ze daar blijft, zodat ze niets fout kan doen.'

Oma was verontwaardigd: 'Juffrouw! U zou ook vreemde gedachten krijgen als u de hele tijd in een kamertje moest zitten zonder iets te kunnen doen. Ik zou U wel eens willen ZIEN!' En daarna zei ze, zonder de gouvernante de tijd te geven om te antwoorden: 'Laat Heidi naar mijn kamer KOMEN! Ik wil haar een paar boeken laten zien die ik heb meegebracht.'

'Ik wil wel eens ZIEN wat u met die boeken gaat doen met een knagerinnetje dat niet kan lezen en dat ook helemaal niets wil leren, ondanks de inspanningen van haar leraar!' Dat zette oma aan het denken: 'Dat is vreemd, want ze ZIET er toch pienter uit! Laat haar maar komen. Dan kijken we wel naar de PLAATJES.' Even later kwam Heidi oma's kamer binnen. Toen ze de boeken zag liggen betrok haar snuit meteen. Ze was al bang dat haar een lesje te wachten stond!

Maar het duurde niet lang of Heidi zat te genieten van de illustraties en van alles dat oma bij de prenten vertelde.
Het werd een heel verhaal.

Toen ze bij een pagina kwamen waarop een afbeelding van een weide stond, kwamen er tranen in Heidi's ogen. Toen ze de herder en de schaapjes zag die daar getekend waren, barstte ze in huilen uit.
Oma schrok van die reactie. Ze legde haar arm om de schouders van het knagerinnetje en zei: 'Kom hier, Heidi. Niet huilen. Ik zal je nog wat verhalen vertellen en dan zal je snel weer vrolijk worden!'
Maar er waren heel wat verhalen nodig om Heidi weer op te vrolijken. Toen ze eindelijk gekalmeerd was, keek ze oma liefjes aan.
Mevrouw Sesemann was natuurlijk nieuws-

gierig en waagde het erop: 'Vertel eens, Heidi, waarom wil je niet leren lezen?'
Heidi antwoordde vastbesloten: 'Omdat … omdat het onmogelijk is om dat te leren!'
Oma was **verbaasd:** 'Hoezo? Je vergist je, hoor. Natuurlijk kun je dat wel leren. Als je wilt leer ik het je!'
Heidi **schudde** met haar hoofd en sloeg haar ogen neer: 'Nee, nee. Ze hebben het me al eerder verteld, oma: het is onmogelijk!'
'Zo, en wie heeft jou dat verteld?'
'Dat heeft Peter gezegd! Hij gaat al heel lang naar school en hij kan het nog niet. Hij zegt dat het te **moeilijk** is!'
Oma probeerde haar snuit in de plooi te houden en serieus te blijven: 'Goed, dat is wat Peter denkt, maar ik ken veel kinderen die wel hebben leren lezen.'
Heidi keek haar ongelovig aan: 'Echt waar?'

'Maar natuurlijk, liefje! Geloof me: als je echt wilt lezen, dan zal je lezen! Misschien heb je gewoon niet goed opgelet in de *les*.'
Heidi hield voet bij stuk: 'Het heeft geen zin, ik weet het **zeker!**'
Oma probeerde haar voorzichtig te overtuigen: 'Je hebt niets geleerd omdat je Peter geloofde.

Maar nu moet je mij maar eens geloven. Ben je niet nieuwsgierig naar het verhaal van de herder die je op de TEKENING zag? Wil je dat niet kunnen lezen? Als je leert lezen, kan je al zijn avonturen ontdekken.'
Heidi werd NIEUWSGIERIG en bekeek de pagina's van het boek nog eens.
Ze mompelde: 'Ja … het moet vast een mooi verhaal zijn!'
Oma glimlachte: 'Je moet alleen wat geduld hebben! En dit boek is dan voor jou: ik geef het je cadeau!'

Toen nam oma Heidi bij de poot en liepen ze samen naar de bibliotheek.
Een week later ontmoette oma de leraar. Hij was in de wolken: ‘Mevrouw, ik wil u met veel blijdschap laten weten dat de kleine Heidi ongelooflijk veel vooruitgang heeft geboekt. Zo ongeïnteresseerd als ze eerst was, zo aandachtig is ze nu. En de resultaten liegen er niet om! Ze begint zelfs al moeilijke woorden te spellen!’
Oma was dolgelukkig! Ze liep meteen naar boven om te luisteren hoe Heidi zat te oefenen in de bibliotheek. Eindelijk!

Koester je dromen

Elke middag, nadat oma Klara had ingestopt, nodigde ze Heidi uit in haar kamertje. Heidi las oma's boeken hardop en mevrouw Sesemann luisterde met veel plezier. Maar ze deden meer dan alleen lezen. Oma had ook een heleboel gekleurde stukken stof meegenomen en Heidi mocht daar schortjes, kleertjes en hoedjes voor de poppen van maken. Zo leerde ze vanzelf ook NAAIEN. Door al die uren die ze samen hadden doorgebracht, al lezend en al werkend, hadden mevrouw Sesemann en Heidi een nauwe band gekregen.

Heidi was erg gesteld geraakt op oma, en nam haar steeds meer in vertrouwen, en de knagerin beantwoordde dat met een heleboel aandacht voor het knagerinnetje.
Zo kwam het dat Heidi haar toevlucht zocht bij oma toen ze steeds meer heimwee kreeg naar de bergen. En zo kwam het ook dat ze op een middag in HUILEN uitbarstte terwijl ze een mooi rood jasje aan het naaien was voor haar favoriete popje.
Oma vroeg bezorgd: ‘Wat is er MIS, knagerinnetje? Wil je nog altijd zo graag naar huis?’
Heidi snikte: ‘Ik zou zo graag mijn opa weer eens willen zien, en de geitjes, en de bomen … Maar ik weet dat ik ze geen van allen ooit nog terug zal zien!’
Oma schudde haar hoofd: ‘Je mag nooit de hoop verliezen, Heidi! Blijf altijd geloven in je dromen. Heb

vertrouwen en dan zal alles goed komen. Heb je dat begrepen, knagerinnetje?'

Heidi antwoordde niet en staarde voor zich uit, in GEDACHTEN verzonken.

Een paar dagen later moest oma weer weg. Zonder haar waren Klara en Heidi erg VERDRIETIG, alsof ze iets heel dierbaars hadden verloren.

Om wat aan dat gevoel te doen, stelde Heidi iets voor: 'Laten we de boeken lezen die oma hier voor ons heeft achtergelaten!'

Dat vond Klara een prima idee, al had ze absoluut niet verwacht dat Heidi zo snel verzot was geraakt op lezen!

In een van de verhaaltjes STIERF de oma van de hoofdpersoon. Heidi had zich zo sterk ingeleefd in het verhaal, dat ze begon te gillen: 'Oma is dood!'
Klara probeerde haar te kalmeren: 'Heidi, met onze oma gaat alles goed! Je hebt haar een paar uur geleden nog zien vertrekken!'
Maar het was onbegonnen werk om het knagerinnetje op andere gedachten te brengen. Rottenmeier werd kwaad, Sebastian probeerde Heidi aan het LACHEN te brengen, Klara herhaalde wel duizend maal een heleboel geruststellende woorden, maar het duurde uren voordat Heidi weer bedaarde.
De volgende dagen werd het knagerinnetje alleen maar verdrietiger. Haar ogen glinsterden door de tranen en ze ging steeds minder eten. En dit duurde een hele WINTER lang.

Een spook!

Alsof dat nog niet genoeg was, begonnen er vreemde dingen te gebeuren in huize Sesemann.
Rottenmeier dwaalde CHAGRIJNIGER dan ooit door het huis, alsof ze heel wat aan haar hoofd had. Ook Tinette was **bezorgd**: als ze in haar eentje door de gangen moest, verzon ze snel een smoesje om Sebastian te roepen zodat die haar kon vergezellen. Maar ook hij was niet al te **moedig**: als hij een of andere boodschap moest doen, riep hij Giovanni, de koetsier, zodat hij niet alleen hoefde te blijven.

Wat was er toch aan de poot?!

Sinds een paar dagen troffen ze iedere morgen de voordeur WAGENWIJD open aan.

De eerste keer SCHROK Tinette zich een hoedje. Ook Sebastian en juffrouw Rottenmeier waren in paniek en onderzochten het huis van de kelder tot de zolder om te kijken of er niets gestolen was. Maar er was zelfs niets aangeraakt!

De volgende dagen gebeurde precies hetzelfde, elke dag opnieuw: zelfs al deden ze de deur dubbel op slot en plaatsten ze een dikke HOUTEN balk, elke ochtend stond de deur weer open.

Iedereen was natuurlijk bezorgd. Zo kwam het dat juffrouw Rottenmeier op een avond aan Sebastian en Giovanni vroeg om de wacht te houden, zodat ze er op konden letten wie er steeds het huis binnenkwam.

Met veel TEGENZIN gingen beide knagers op wacht zitten. Ze zaten allebei op een krukje naast de ingang. In de stilte van de NACHT begonnen ze na een tijdje te gapen: hun ogen vielen dicht en hun kin belandde op hun borst. Ze waren te moe om nog langer wakker te blijven!

Toen de grote toren middernacht sloeg, SCHROK Sebastian plotseling wakker.

Het was muisstil in huis. Maar de butler merkte dat er iets VREEMDS aan de poot was. Sebastian probeerde Giovanni wakker te schudden, maar de koetsier was in een diepe slaap verzonken. Pas na een minuut of wat was Giovanni ook echt wakker en herinnerde hij zich weer waar hij was.

Sebastian fluisterde: 'Giovanni, word wakker!

Er is iets verdachts aan de gang, ik voel het! Laten we gaan kijken ...'
Giovanni deed alsof hij niet BANG was en zei: 'Ik ga wel eerst, loop jij maar achter me aan!'
Ze schuifelden de gang door en toen hoorden ze de voordeur opengaan met een ANGST-AANJAGEND gekraak ... Een windvlaag doofde de kaars die Sebastian in zijn poot hield. Maar ondertussen gebeurde er wat in de duisternis, iets dat hen ongelooflijk BANG maakte. Ze stommelden in paniek achteruit en maakten daarbij zoveel lawaai dat een geschrokken juffrouw Rottenmeier haar kamer uit kwam STORMEN.
Sebastian vertelde haar: 'Ik heb een witte schim gezien ... En toen verdween hij in de DUISTERNIS!'
Giovanni knikte, met zijn poten voor zijn ogen: 'Ja, een schim! Een spook!'

Om tot rust te komen liep Rottenmeier naar haar *schrijftafeltje* en begon een brief te schrijven aan meneer Sesemann.
Met een poot die nog **beefde** van de schrik schreef ze hem over de vreselijke situatie waarin ze zich bevonden en smeekte ze hem zo snel mogelijk terug te komen, want zijn huis was vergeven van de SPOKEN en iedereen was doodsbenauwd!
Toen meneer Sesemann de brief las, barstte hij in LACHEN uit. Hij antwoordde Rottenmeier dat ze wat moest rusten en een lange en ontspannende wandeling moest maken.
Maar toen hij een tweede brief kreeg, waarin stond dat ook Klara **DOODSBANG** was, keerde hij in allerijl naar Frankfurt terug.

De kleine slaapwandelaar

Toen meneer Sesemann thuiskwam, wilde hij eerst met iedereen praten: Rottenmeier, Sebastian, Tinette en Giovanni. Daarna vroeg hij om zijn vriend de dokter te laten komen en hij liet erbij zeggen: 'Zeg dat ik hem nodig heb en dat hij de NACHT hier zal moeten doorbrengen!'
Toen de dokter aankwam, was hij stomverbaasd: 'Mijn goede vriend, ik dacht dat je ziek was!'
Meneer Sesemann GLIMLACHTE, maar werd al snel weer serieus toen hij de situatie uitlegde aan de dokter: 'Met mij is alles opperbest, maar ik denk dat iemand anders jouw

zorgen nodig zal hebben, nadat wij hem onder poten genomen hebben!'

'Oh, jeetje! En wie moeten we vangen?'

Meneer Sesemann fluisterde:

'Een GEEST!'

Meteen barstten ze beiden in lachen uit. Terwijl hij aan de dokter uitlegde hoe alles in elkaar zat, plaatste meneer Sesemann de stoelen weer naast de deur, voor een tweede wachtronde.

Die nacht gingen er uren en uren voorbij voordat ze iets merkten. Maar toen hoorden de dokter en meneer Sesemann plotseling de voetstappen van iemand die ronddwaalde in de duisternis.

De twee vrienden maakten zich klaar voor de aanval … Maar het was helemaal niet nodig!

Met kleine stapjes LIEP Heidi in de richting van de deur in haar parelwitte nachthemdje.
Meneer Sesemann liep naar haar toe en vroeg: 'Maar knagerinnetje, waar ga je heen?'
Heidi schrok en antwoordde met vermoeide stem: 'Ik weet het niet ...'
De DOKTER kwam tussenbeide: 'Laat dit maar aan mij over! Dat knagerinnetje is een slaapwandelaar!'
Hij bracht Heidi terug naar haar kamer en maakte haar toen zachtjes wakker: 'Heidi, wat gebeurt er?'
Heidi KEEK om zich heen en begon te vertellen: 'Ik weet het echt niet! Ik stond ineens op het gangpad en daar was meneer Sesemann!'
'Heb je dat al eerder gehad?'

'Ja, soms … Maar dan … dan ben IK het spook?!'
'Rustig maar, er is geen spook! Maar jij lijkt wel erg VERDRIETIG. Wat is er mis?'
Heidi snikte: 'Ik droom 's nachts altijd dat ik in de HUT ben bij opa. Ik droom dat de sparren zingen om me te roepen, dus ga ik naar beneden, open ik de deur, en dan is alles prachtig …
Maar dan word ik wakker en ben ik gewoon weer in Frankfurt!'
Heidi's woorden zaten boordevol heimwee.
De dokter liet haar praten totdat ze in slaap viel.
Toen hij de kamer uitliep, zuchtte hij eens diep en sprak hij de diagnose uit: 'Heidi is gezond, maar ze heeft enorm veel VERDRIET. We moeten haar laten terugkeren naar de bergen!'
Meneer Sesemann dacht even na en antwoordde toen: 'Als het om haar gezondheid gaat, dan is er geen twijfel mogelijk: dan laten we haar naar de Alpen terugkeren!'

Klaar om te vertrekken!

Nog voor zonsopgang wekte meneer Sesemann alle personeelsleden. Juffrouw Rottenmeier kleedde zich haastig aan, want ze brandde van NIEUWSGIERIGHEID om te weten te komen hoe het was afgelopen met de SPOKENJACHT. Maar haar nieuwsgierigheid en die van de anderen werd NIET beantwoord. Meneer Sesemann droeg het personeel alleen op Heidi's bagage klaar te maken. Binnen een paar minuten was het hele huis in REP EN ROER, zodat ook Heidi en Klara wakker werden. Ze waren verrast door al dat heen-en-weergeloop.

Meneer Sesemann ging de kamer van zijn dochter binnen. Met lieve woordjes en op rustige toon legde hij haar uit dat ze Heidi

moesten laten gaan, want dat dit het beste was voor het knagerinnetje. Klara was ONTROOSTBAAR, maar ze wist dat ze nu niet nukkig moest zijn! Dus hielp ze zo goed en zo kwaad als het ging met de bagage van haar vriendinnetje: nieuwe kleren en veel kleine dingetjes die handig zouden zijn tijdens de **REIS**.

Ook Sebastian hielp mee: meneer Sesemann had hem de opdracht gegeven om met Heidi mee te reizen naar de HUT. De enige die op dat moment nog niet wist wat er aan de poot was, was Heidi zelf.

Toen meneer Sesemann haar vertelde dat ze naar huis ging, begon ze te stralen:

haar wangetjes kregen langzaamaan weer KLEUR en op haar snuitje verscheen een gigantisch brede glimlach.
Toen hij dat zag, wist meneer Sesemann dat hij de juiste beslissing had genomen.
Hij lachte haar toe en zei: ‘Ga nu maar snel afscheid nemen van Klara! Het is TIJD!’
Heidi stormde enthousiast de kamer van haar vriendinnetje binnen en onderdrukte haar tranen: ze was zo gelukkig dat ze Klara ook aanstak met haar enthousiasme!
Toen ze de koffer zag die voor haar was gevuld, keek ze dankbaar en nieuwsgierig naar die prachtige geschenken. In een mandje er bovenop zaten zelfs twaalf witte broodjes voor de oma van de Alpen!
Heidi omhelsde Klara en barstte toen in lachen uit. Ze stuiterde door de kamer.
Voordat ze vertrok, ging ze een laatste keer de

kamer rond en rommelde ze wat onderin de kast. Haar schatten lagen er nog!
Ze haalde de rode jas tevoorschijn, het boek dat oma Sesemann haar cadeau had gedaan, en ook de **strooien** hoed, die nu wel helemaal geplet was.

En toen was het tijd om te **GAAN!**

Op weg naar huis

Het was een lange en vermoeiende reis. Maar daar had alleen Sebastian last van, want Heidi was opgewekter en vrolijker dan ooit. De twee reisden per koets en TREIN en kwamen toen aan in Mayenfeld. Van hieruit moesten ze Dörfli zien te BEREIKEN en dan verdergaan naar de hut van de opa van de Alpen. Toen een boer hen een lift aanbood met zijn kar, haalde Sebastian opgelucht adem. Hij was echt bekaf door de lange reis.

Toen Heidi dit zag, besloot ze het hem makkelijk te maken: 'Sebastian, maak je geen zorgen: ik kan wel alleen verder! Dit is mijn thuis! Het

was heel vriendelijk dat je tot hier bent meegekomen, maar ga nu maar terug naar huis!'
Dat liet Sebastian zich geen twee keer zeggen.
Heidi KLAUTERDE de kar op, nestelde zich in haar jas, liet haar koffer naast zich neerploffen en zette haar geliefde strooien hoedje op haar hoofd.
Ze wou dat opa haar zo kon zien: ze was weer precies dezelfde als toen ze voor de eerste keer in de Alpen AANKWAM!
Terwijl de kar Dörfli naderde, begon Heidi zich steeds meer zorgen te maken. Ze herinnerde zich hoe woedend opa was geweest toen tante Dete haar de laatste keer was komen halen en nu was ze bang dat opa ook boos op haar zou zijn … De minuten kropen voorbij en Heidi wist niet wat ze ervan moest denken!
De **kar** kwam aan in het dorp. De dorpelingen

wilden Heidi tegenhouden om haar te bestoken met vragen, maar ze was veel te gehaast!
Ze liet haar **KOFFER** in het dorp staan en riep: 'Opa zal die wel komen halen! Nu moet ik zo **SNEL** mogelijk thuis zien te komen!'
En weg was ze! Ze stormde er pijlsnel vandoor, met de mand met broodjes onder haar arm en haar strooien hoedje stevig op haar hoofd gedrukt.

Ze wilde zo snel mogelijk bij opa's hutje zijn, maar moest om de haverklap op adem komen: de **mand** werd loodzwaar en de weide leek veel langer en steiler dan anders!
Maar toen ze Peters hutje zag, vergat ze haar **vermoeidheid,** rende naar de deur en viel binnen zonder te kloppen.
Oma kon haar niet zien, maar toen ze de kreet van vreugde van Peters moeder hoorde, en

Heidi's stemmetje dat haar begroette, biggelden de TRANEN over haar wangen: de kleine meid was terug!

Heidi liep naar oma toe en die omhelsde haar alsof ze BANG was om haar opnieuw te verliezen. Toen Heidi haar de verse witte broodjes gaf die ze speciaal voor haar had meegenomen, was de oude KNAGERIN tot tranen toe geroerd.

Ze had zich geen mooier cadeau kunnen wensen!

Ik ben terug, opa!

Na het bezoekje aan Peters HUT trok Heidi een heleboel van haar kleren uit, tot ze alleen nog haar onderjurkje aanhad. Toen ging ze weer op pad, naar opa's hut. De zon ging al bijna ONDER, dus haastte ze zich, zodat ze niet te laat zou aankomen. Hoe dichter ze bij de hut kwam, hoe SNELLER haar hart tekeer ging: van dit moment had ze al zo lang gedroomd! Ze werd omringd door de bergen waar ze zo van hield en in de verte wuifden de boomtoppen in de wind.
Toen zag ze eindelijk de hut liggen.

Ze begon nu als een gek te rennen, ook al was ze buiten adem. Opa zag haar aankomen met een hemelsbrede GLIMLACH.

Een paar minuten lang bleef de oude knager onbeweeglijk staan: hij was zo **blij** om Heidi weer te zien, dat hij onmogelijk nog een poot kon verzetten.

Heidi kwam steeds langzamer vooruit. Ze hapte naar **adem** en riep: 'Opa, ik ben terug!'

Toen hij haar vrolijke stemmetje hoorde, kreeg de oude knager tranen in zijn **OGEN:** wat had hij haar gemist!

Hij veegde zijn tranen af en spreidde zijn armen om zijn kleindochtertje te verwelkomen: 'Heidi … Je bent teruggekomen! *Mijn kleine knagerinnetje!*'

Heidi sprong om zijn nek. Ze omhelsden elkaar lang en stevig en toen vroeg opa: ‘Maar hoe kan dit? Hebben ze je weggestuurd?’

‘Nee, opa! Ze hebben me laten gaan!’

Toen hoorden ze plotseling iemand fluiten vanuit de verte: het was Peter, die terugkwam met de KUDDE!

Heidi liep hem tegemoet. Ook Peter wist niet wat hem OVERKWAM. Pas na een paar minuten kon hij eindelijk weer wat uitbrengen: ‘Je bent terug?!’ Heidi lachte gelukkig: ‘Ja, Peter! IK BEN THUIS!’ En toen dook ze de kudde in om de geitjes te groeten en te luisteren naar hun gemekker.

Een mooie verrassing

De volgende dag was een zondag en die dag gebeurde er iets vreemds.
Heidi werd niet wakker door de zonnestralen en ook niet door het ritselen van de sparren.
Opa moest haar wekken: ‘Heidi, opstaan! Maak je klaar, we moeten naar het dorp!’
Heidi was verrast door deze nieuwigheid, maar het maakte haar ook tevreden.
Ze waste zich en kleedde zich aan, zo snel als de wind. Ze was wel heel nieuwsgierig:
‘Maar waar gaan we heen, opa?’
‘Dat leg ik je ONDERWEG wel uit! Ben je klaar, knagerinnetje?’

Heidi knikte en vloog de deur uit.
Tijdens hun wandeling legde opa uit dat ze deze winter niet zouden doorbrengen in de HUT, maar in het dorp. Ze gingen vandaag al eens een kijkje nemen in het huis waar ze tijdens de koudste maanden gingen wonen.

Opa haastte zich en op de TERUGWEG stopten ze bij Peters hutje.
Het was duidelijk dat opa door Heidi's terugkeer een stuk gelukkiger was geworden: er was zoveel veranderd!
Heidi SCHROK: 'Opa! Ga jij mee naar binnen?'
'Natuurlijk! Het is goed om vrienden te gaan begroeten.'
Peters oma en moeder waren verbaasd maar ook blij dat ze de oude knager van de Alpen mochten verwelkomen in hun huisje.
En er was nog een andere verrassing voor Heidi: Peter had een brief gekregen voor haar!

Het was er één van Klara, die haar liet weten dat ze in de lente samen met oma Sesemann op bezoek zou komen in de ALPEN.
Heidi was dolblij met dat nieuws!
Ze was in de zevende hemel en deed snel een optelsommetje: van nu tot de lente, dat duurde nog wel even, maar dan zou ze Klara eindelijk weer kunnen zien. Met dat idee in gedachten maakte ze een rondedansje en

liep ze Peter haast omver met haar sprongetjes en pirouettes.

Generaal, waar ben je geweest vandaag?

De dagen werden zo langzamerhand steeds korter en opa was volop bezig met de voorbereiding van de verhuizing naar het dorp. Hij moest meerdere keren over en weer van het HUTJE naar het huis en één van die keren nam hij ook Heidi mee, en twee van hun geitjes. Het huisje dat opa voor hen had gevonden, stond pal in het midden van het dorp. Het was van een rijke knager die een paar jaar geleden van de stad naar hier was gekomen. Na een paar weken had hij al gemerkt dat hij zich ongelooflijk verveelde in de bergen en besloot hij terug te gaan naar de vallei.

Het gebouw was redelijk vervallen, maar het was opa gelukt om er een keuken in te plaatsen, en een KAMER voor zichzelf te maken, eentje voor Heidi en een warm en veilig hok voor de geitjes.

Heidi was hartstikke blij met hun nieuwe woning en dartelde door het hele huis om alle verborgen hoekjes en gaatjes te leren kennen. Het gaf haar een goed gevoel dat Peters oma dicht in de buurt woonde: zo kon ze nog vaker op bezoek gaan.

Die winter ging Heidi bovendien voor het eerst naar school. Ze gedroeg zich flink en vond het geweldig om elke dag nieuwe dingen te leren. Ze vond het alleen stom dat die STIJFKOP van een Peter niets van school wilde weten: de leraar wachtte elke DAG op hem, maar het herdertje kwam maar zelden opdagen.

Op een ochtend stond de knager vroeg op en wilde hij met de slee naar school gaan. De STRAAT was bedekt met een laag ijs. Maar Peter kon niet meer op tijd remmen en voor hij het wist gleed hij met hoge SNEL-HEID het dorp uit. Pas veel verderop lukte het hem om te stoppen, en daarom besloot hij de rest van de ochtend maar verder te gaan met zijn sleetochtje. Uiteindelijk was het al avond toen hij naar Heidi toeging. Maar zijn vriendinnetje was er niet. Alleen haar opa was er, die hem STRENG aankeek en vroeg:

'Zo generaal, waar ben je geweest vandaag?'

'Ik? Ik … eeeh …'

Opa bromde boos: 'Heidi heeft me verteld dat je niet naar school bent geweest!'

Peter mopperde: 'Ik had een probleem met de slee …'
Opa's blik werd steeds grimmiger: 'Peter, wat doe jij met ONGEHOORZAME geiten?'
Peter dacht diep na en antwoordde toen: 'Die straf ik!'
Opa knikte: 'Dat heb je goed gezegd. Wie ongehoorzaam is, moet gestraft worden! Je moeder en grootmoeder hebben de KRACHT niet om je te straffen, maar ik wel!'

Peter was doodsbenauwd voor de oude knager van de Alpen en zou hem nooit tegen durven te spreken. Bovendien sloeg de vergelijking met de geiten de spijker op de kop!
Een poos later zat Peter samen met Heidi te waken over de geitjes. Hij was in GEDACHTEN verzonken en zei: 'Je opa heeft gelijk. Ik zal

niet meer spijbelen. Ik beloof het!'
Heidi merkte dat Peter het deze keer echt meende en nam zich voor hem te helpen.

Vanaf die dag ging de knager elke dag naar school en ging hij naar elke les. Na schooltijd nodigde Heidi hem vaak thuis uit. Ze lazen als oefening uit het boek dat Klara's oma Heidi cadeau had gedaan.

Letter na letter en pagina na pagina leerde Peter steeds beter spellen. Na een paar weken kon hij al hele zinnen lezen … Zijn oma was dan ook blij VERRAST toen Peter op een avond haar OUDE boek pakte en hardop begon voor te lezen!
Zijn oma was zo blij dat Peter meteen vergat hoeveel moeite het hem had gekost om te leren lezen.

Ze zijn er! Ze zijn er!

De laatste sneeuw smolt door de lentezon en de weiden ontwaakten uit hun winterslaap. De bergen kregen weer KLEUR door duizenden nieuwe bloemen en de takken van de bomen zaten weer vol met knopjes. Zodra het beter weer was, keerden opa en Heidi terug naar hun HUT in de Alpen. Ze hadden al snel weer hun oude ritme terug: opa was aan de slag in zijn kleine werkplaats achter de hut en Heidi ging samen met Peter de geiten HOEDEN.
Eind mei bracht Peter uit het dorp een langverwachte *brief* mee. Hij was van Klara en ze schreef:

Lieve Heidi,

We hebben onze koffers gepakt: we komen je eindelijk opzoeken! Ik ben zo blij en ik kan niet wachten om je in mijn armen te sluiten.
Oma komt met me mee, maar juffrouw Rottenmeier niet. Sebastian heeft haar verteld dat de reis levensgevaarlijk is en nu is ze zo bang dat ze ons zelfs niet meer wil horen over onze vakantie!
Tot snel!

Liefs, Klara.

Heidi stuiterde heen en weer van blijdschap. Maar Peter leek niet erg tevreden. Hij was eigenlijk een beetje jaloers op Klara: hij was bang dat zij Heidi weer zou meenemen naar Frankfurt!
In afwachting van hun gasten waren Heidi en opa in de weer om hun gastenverblijf wat gezelliger te maken.

Ze maakten een mooie stoel voor Klara en OPA hakte een krukje uit een houten blok voor oma Sesemann. De week daarop stond Heidi op bij **ZONSOPGANG** om door het ronde raampje naast haar bed naar buiten te gaan kijken. Terwijl ze over de weide **UITKEEK,** begon ze dolenthousiast te gillen: 'Opa! Opa! **ZE ZIJN ER! ZE ZIJN ER!'**

En inderdaad: in de verte zagen ze Klara aankomen, in een **DRAAGSTOEL** gedragen door twee boeren, en ze zagen ook oma Sesemann, gezeten op een muilezel, en een derde boer die de bagage naar boven duwde in Klara's rolstoel.

Heidi was in de zevende hemel! Ze **STORMDE** naar buiten, Klara tegemoet. Ze omhelsde haar stevig en schudde oma's poot wel twintig keer.

Hun twee gasten waren STOMVERBAASD:
'Wat is het hier prachtig!'
Toen lieten Klara en oma de drie boeren gaan die hen hadden geholpen om de bagage te dragen en om de hut van Heidi's opa te bereiken.

Klara had nog nooit zoveel bloemen bij elkaar gezien. Heidi noemde ze allemaal bij naam en duwde de rolstoel helemaal rond de hut.
Ze lunchten buiten, met uitzicht op de WEIDE, en oma was in de wolken toen ze Klara een tweede portie KAAS zag nemen: 'Klara, de berglucht doet echt wonderen voor je!'
Het werd zo'n vrolijke dag dat het voor iedereen leek alsof de tijd vloog.
Voordat hun twee gasten terug naar het dorp gingen, nam opa Klara op de arm en liet haar Heidi's kamertje zien op zolder.

Toen Klara dat zag, riep ze: ‘Heidi, dat is het mooiste kamertje dat ik ooit heb gezien!’
Opa en oma keken elkaar aan met een begrijpende blik. Opa zei: ‘Klara, zou je graag hier willen slapen?’
Klara hoefde niet eens te antwoorden: de vreugdekreten van de vriendinnetjes zeiden genoeg.
Dus keerde oma in haar eentje terug naar het dorp, niet alleen die nacht, maar elke NACHT van de komende maand.
Ook Peter kwam die dag langs bij Heidi’s HUT. Klara bewonderde zijn geiten en lachte hem toe. Maar Peter bleef knorrig staan kijken in een hoekje, totdat hij een smoesje vond om er VANDOOR te gaan.

Peters pruillip

Voor Klara waren de **DAGEN** in de hut als in een sprookje. Ze kletste uren met haar vriendinnetje en samen bekeken ze de bloemen, de planten en de dieren en hielpen ze opa met zijn taakjes. Klara bloeide steeds meer op: haar wangetjes werden rozig en voller en ze begon er steeds gezonder uit te zien. Het was een plezier om haar bezig te zien! Elke ochtend en elke avond kwam Peter langs met zijn geitjes. De twee vriendinnen begroetten hem altijd VROLIJK, maar hij antwoordde maar met een half stemmetje en GLIMLACHTE nooit terug.

Pas aan het begin van de derde week vond opa, op aandringen van Heidi, een manier waarop Klara ook mee kon naar de WEIDE om de geiten te hoeden.
Toen Peter die ochtend langskwam, was iedereen nog in de hut. Peter zag alleen Klara's rolstoel, die op het punt stond om door de wind van de helling te worden geduwd.
Ook al wilde Peter het niet toegeven, hij was echt jaloers op Klara. Hij had het gevoel dat zij hem Heidi's gezelschap had afgenomen. CHAGRIJNIG als hij die dag was besloot hij Klara's stoel niet tegen te houden en ook niet te wachten tot opa Witje en Zwartje had klaargemaakt om mee te gaan.

Zonder een woord te zeggen begon hij aan de tocht naar boven, een beetje nerveus en met een duistere trek om zijn mond.

Toen Klara zag dat haar stoel VERDWENEN was, weggeblazen door de wind, raakte ze in paniek: 'Nu kom ik nooit boven! Nu kom ik zelfs nergens meer!'

Opa stelde haar gerust: 'Je oma had daar al aan gedacht, geen paniek. We zorgen ervoor dat je een nieuwe krijgt. En om naar boven te gaan kan ik je toch gewoon dragen!'

De tocht naar de weide was een van de mooiste dingen die Klara ooit had meegemaakt. Heidi volgde opa op de voet en hield haar twee geitjes in de gaten.

Toen ze aankwamen, was Peter er al lang. Opa ZEI hem dat het niet aardig was dat hij niet op hen gewacht had, maar Peter verdedigde zich beledigd: 'Er was niemand en ik was al te laat! Daarom ben ik maar verdergegaan!'

De eerste stapjes

Klara en Heidi mochten elke dag met opa mee naar de weide. Hij bracht hen dan naar Peter en keerde laat in de MIDDAG weer terug om hen op te halen. Vanaf het moment dat Klara was aangekomen in de Alpen, was Peter nog geen moment gestopt met MOKKEN.
Op een ochtend wilde Heidi naar de edelweiss-bloemen gaan kijken, die alleen hoog in de bergen groeiden. Ze moesten nu in BLOEI staan. Ze liep naar Klara toe met Sneeuwvlokje en gaf haar vriendinnetje een bosje gras.

Ze zei erbij: 'Ik laat je maar heel eventjes alleen! Sneeuwvlokje zal je gezelschap houden … Probeer haar maar te eten te geven!'

Klara gaf het geitje wat GRAS, dat het meteen uit haar poten griste en opsmikkelde.

Vanuit de verte hoorde ze Heidi verrukt roepen: 'Ze zijn prachtig, Klara! Ik wou dat je ze ook kon zien!'

Klara was verdrietig dat ze niet kon gaan kijken. Heidi rende naar haar toe: 'Je moet echt eens komen kijken, Klara!'

Haar vriendinnetje keek haar VERBAASD aan: 'Maar ik kan niet lopen! Hoe moet ik daar dan komen?'

Heidi nam hier geen genoegen mee. Ze keek Peter aan en zei triomfantelijk: 'Peter zal je helpen!'

Zo chagrijnig als hij was, had Peter absoluut

geen zin om te helpen, maar Heidi drong zo aan dat hij wel moest.
HELAAS was het moeilijker dan ze dachten om Klara te vervoeren. Heidi was klein en Peter te groot, waardoor Klara niet goed op hen kon steunen.
Heidi moedigde haar aan: ‘Steun op mij met je arm!’
Peter zag hoe vastbesloten het knagerinnetje was, ondanks haar VERMOEIDHEID, en besloot daarom maar wat aardiger te doen.
Hij vergat zijn JALOEZIE, overwon zijn verlegenheid en moedigde haar ook aan:
‘Probeer goed op ons te steunen! En hou je stevig vast!’
Op dat moment ontdekte Klara dat ze op de grond kon steunen zonder PIJN te voelen.
En als ze heel erg haar best deed, dan kon ze zelfs een paar stapjes zetten!!!

Het was niet te **geloven:** ze liep!
Heidi gilde: 'Klara! Je wandelt!'
Haar vriendin kon het maar niet geloven:
'Ik kan lopen, Heidi! Ik kan **LOPEN!'**
Ook Peter was enthousiast.
De drie vrienden brachten de rest van de dag door met oefenen. Tegen de avond kon Klara echt al een paar passen zetten. Wat een wonder! Toen opa **AANKWAM** bij de weide, glimlachte hij tevreden toen hij het schouwspel zag, alsof hij altijd al had geweten dat dit vroeg of laat ging gebeuren.

Ze waren allemaal zo gelukkig dat ze geen woord konden uitbrengen. Zelfs Peter **straalde:** ook hij begon Klara nu toch wel leuk te vinden!

De mooiste dag

Toen ze de volgende ochtend wakker werd, straalde Klara van geluk. Ze bleef maar herhalen: ‘Ik ben genezen! Nooit meer in die rolstoel! Ik kan nu zelf wandelen!’

De dagen die volgden, liep ze de hele tijd heen en weer tussen de hut en de WEIDE. Heidi en Peter hielpen haar om sterker te worden en om haar zelfvertrouwen te laten groeien.

Zodra Klara zeker genoeg was van zichzelf, besloot OPA om oma Sesemann naar de hut te laten komen.

Toen ze aankwam, zat Klara op een stoel voor

de hut. Terwijl ze haar oma zag aankomen, GLIMLACHTE ze, stond op en bewoog zich langzaam in de richting van de oude knagerin. Oma slaakte een gil van verbazing en RENDE naar haar kleindochter om haar te omhelzen.

Ze blaakte van vreugde en omhelsde ook Heidi en haar opa, terwijl ze verward murmelde:

'Bedankt! Dit is allemaal dankzij jullie!'

Opa schudde de knagerin stevig de poot en antwoordde: 'Wij hebben niets gedaan: Klara heeft dit zelf gedaan, samen met de goede BERGLUCHT!'

Mevrouw Sesemann schreef meteen een brief naar Klara's vader om hem het ongelooflijke nieuws te melden.

Er kwam geen antwoord van meneer Sesemann: hij kwam zelf, twee dagen later. Hij had de brief gekregen en kon nauwelijks geloven wat hij had

gelezen. Maar toen hij eindelijk in de Alpen aankwam, hoefde hij maar naar zijn dochter te kijken om te beseffen dat het allemaal waar was. Het kleine, bleke en zieke knagerinnetje was verdwenen: hij had er nu een gezonde, opgebloeide en gelukkige dochter voor in de plaats!

Meneer Sesemann drukte zijn dochter en Heidi tegen zich aan en riep: 'Dit is de allermooiste dag van mijn hele leven!'

Vrienden voor altijd

Helaas kwam er een einde aan Klara's vakantie. Na een paar weken was het moment gekomen om samen met haar oma en haar vader TERUG te keren naar Frankfurt. De ZOMER was zo snel voorbij gegaan: ook Heidi en opa moesten zich weer klaarmaken om naar het dorp te vertrekken om daar de WINTER door te brengen.
Toen het afscheid aangebroken was, was er op de snuitjes van Heidi en Klara geen spatje verdriet te zien: ze zouden er alles aan doen om elkaar zo veel mogelijk terug te zien en ze wisten dat echte vriendschap niet voorbij gaat door afstanden.

Zodra ze in Frankfurt aangekomen waren, stuurden de Sesemanns Heidi, Peter en opa allerlei cadeaus. Er kwam zelfs een dankbrief van juffrouw Rottenmeier!
Heidi was ontroerd: ze woonde weer in haar geliefde Alpen, samen met degenen van wie ze hield. Ze had zich echt niets beters kunnen wensen: haar leven was perfect!

Opa's hut
Weiden
Peter's hut
Dörfli

Duitsland
Frankfurt
Frankrijk
Oostenrijk
Dörfli
Zwitserland
Italië
Mayenfeld

Johanna Spyri

Johanna Spyri werd geboren in de buurt van Zürich, in Zwitserland, in 1827. Ze was de dochter van een arts en een dichteres. Tot haar 25ste woonde ze in een hutje in de bergen, op de hoogvlakte met zicht op het meer van Zürich.

Ze trouwde met Bernhard, een advocaat en journalist, en ze verhuisden naar de stad. Ze publiceerde haar eerste verhaal in 1871, toen ze al 44 was!

Maar haar grote succes zou pas later komen: tussen 1880 en 1881 publiceerde Johanna de twee werken die haar beroemd zouden maken: *Heidi's Lehr- und Wanderjahre* (Heidi's zwerftocht) en het vervolg *Heidi kann brauchen was es gelernt hat* (Heidi kan gebruiken wat ze geleerd heeft). Deze twee boeken vertelden het verhaal van Heidi, die meteen de harten van het publiek voor zich won.

Alle verhalen van Johanna Spyri spelen zich af in de Alpen, de bergen waar de schrijfster opgroeide. In 1886 keerde ze terug, deze keer alleen. Ze bracht haar oude dag door in de bergen en ze bleef verhaaltjes schrijven tot in 1901, het jaar waarin ze stierf.

Het verhaal van Heidi is één van de beroemdste in de hele kinderliteratuur. Groot en klein worden nog altijd door haar geboeid en ontroerd.

Inhoud

Verzamel deze wereldberoemde verhalen, bewerkt door *Geronimo Stilton*

Heb jij ook zo genoten van dit boek?
Dan heb ik GI-GA-GEWELDIG nieuws voor je.
In deze serie zijn nog MEER boeken verschenen!

Ook te koop in de boekhandel en via de website:

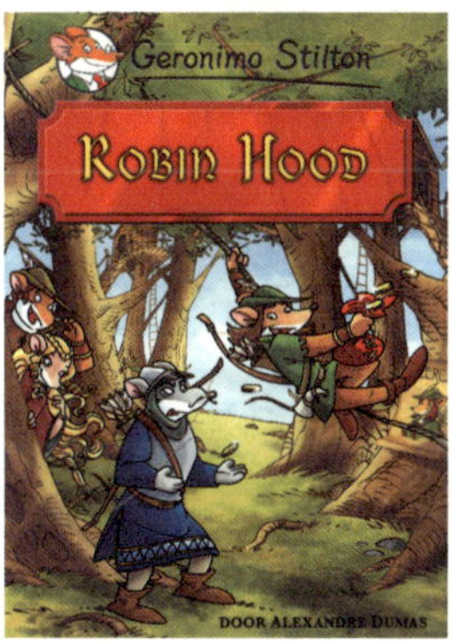

Seriedelen van Geronimo Stilton:

1. Mijn naam is Stilton, Geronimo Stilton
2. Een noodkreet uit Transmuizanië
3. De piraten van de Zilveren Kattenklauw
4. Het geheimzinnige geschrift van Nostradamuis
5. Het mysterie van de gezonken schat
6. Het raadsel van de Kaaspiramide
7. Bungelend aan een staartje
8. De familie Duistermuis
9. Echte muizenliefde is als kaas…
10. Eén plus één is één teveel
11. De glimlach van Lisa
12. Knagers in het donkere woud
13. Kaas op wielen
14. Vlinders in je buik
15. Het is Kerstmis, Geronimo!
16. Het oog van Smaragd
17. Het spook van de metro
18. De voetbalkampioen
19. Het kasteel van markies Kattebas
20. Prettige vakantie, Stilton?!
21. Een koffer vol spelletjes
22. De geheimzinnige kaasdief
23. Een weekend met een gaatje
24. Halloween: lach of ik schiet
25. Griezelquiz op leven en dood
26. Gi-ga-geitenkaas, ik heb gewonnen!
27. Een muizenissige vakantie
28. Welkom op kasteel Vrekkenstein
29. De rimboe in met Patty Spring!
30. Vier knagers in het Wilde Westen
31. Geheime missie: Olympische Spelen
32. Het geheim van Kerstmis
33. De mysterieuze mummie
34. Ik ben geen supermuis!
35. Geheim agent Nul Nul K
36. Een diefstal om van te smullen
37. Red de witte walvis!
38. De indiaan met het gouden hart
39. Terug naar kasteel Vrekkenstein
40. De roof van de gi-ga-diamant
41. Oei, oei, ik zit in de knoei!
42. De ontdekking van de superparel
43. Wie heeft Schrokopje ontvoerd?
44. Dertien spoken voor Duifje Duistermuis
45. Het hollende harnas

Ook verschenen van Geronimo Stilton:

* De avonturen van Odysseus
* De grote invasie van Rokford
* Fantasia
* Fantasia II - De speurtocht naar het geluk
* Fantasia III
* Fantasia IV - Het drakenei
* Fantasia V
* Geronimo's sprookjesboek
* Het boekje over geluk
* Het boekje over vrede
* Het ware verhaal over Geronimo Stilton
* Knaag gezond, Geronimo!
* Knutselen met Geronimo & co
* Koken met Geronimo Stilton
* Reis door de tijd
* Reis door de tijd 2
* Reis door de tijd 3
* Schimmen in het Schedelslot
* Tussen gaap en slaap
* Vakantieboek 1
* Vakantieboek 2
* Vakantieboek 3

Stripboeken Geronimo Stilton:
1. De ontdekking van Amerika
2. Het geheim van de Sfinx
3. Ontvoering in het Colosseum
4. Op pad met Marco Polo
5. Terug naar de ijstijd
6. Wie heeft de Mona Lisa gestolen?
7. Op naar de prehistorie

Klassiekers, naverteld door Geronimo Stilton:
* De drie muisketiers
* De reis om de wereld in 80 dagen
* De roep van de wildernis
* Heidi
* Het jungleboek
* Het zwaard in de steen
* Onder moeders vleugels
* Robin Hood
* Schateiland
* Twintigduizend mijlen onder zee

Superhelden door Geronimo Stilton:
1. De bende van Ratstad
2. De invasie van de megamonsters
3. De aanval van de krekelwroeters
4. Superhelden tegen de dubbelgangers

De kronieken van Fantasia door Geronimo Stilton:
1. Het Verloren Rijk
2. De Betoverde Poort

De prinsessen van Fantasia door Thea Stilton:
1. De IJsprinses
2. De Koraalprinses

Seriedelen van Thea Stilton:
1. De Drakencode
2. De Thea Sisters op avontuur
3. De sprekende berg
4. De Thea Sisters in Parijs
5. De verborgen stad
6. Het ijzingwekkende geheim
7. Het mysterie van de zwarte pop
8. Schipbreuk in de ruimte
9. New York in rep en roer

Stripboeken van Thea Stilton:
1. De orka van Walviseiland
2. De schat van het Vikingschip

Het leven op Topford van Thea Stilton:
1. Liefde in de schijnwerpers
2. Het geheime dagboek van Colette

Ook verschenen van Thea Stilton:
* De prins van Atlantis

Oscar Tortuga:
1. Losgeld voor Geronimo
2. Wie wint Geronimo? (Om op te eten...)
3. De schat van kapitein Kwelgeest
4. Blijf met je poten van mijn goud af!
5. Er valt niets te lachen, Stilton!

Joe Carrot:
1. Eén minuut voor middernacht
2. De vuurpijl
3. De ongrijpbare Rode Klauw
4. Het Duistere Huis
5. Het rupsenraadsel

Geronimo Stilton